Cita con la muerte

Biblioteca Agatha Christie
Novela

Biografía

Agatha Christie es la escritora de misterio más conocida en todo el mundo. Sus obras han vendido más de mil millones de copias en la lengua inglesa y mil millones en otros cuarenta y cinco idiomas. Según datos de la ONU, sólo es superada por la Biblia y Shakespeare.

Su carrera como escritora recorrió más de cincuenta años, con setenta y nueve novelas y colecciones cortas. La primera novela de Christie, *El misterioso caso de Styles*, fue también la primera en la que presentó a su formidable y excéntrico detective belga, Poirot; seguramente, uno de los personajes de ficción más famosos. En 1971, alcanzó el honor más alto de su país cuando recibió la Orden de la Dama Comandante del Imperio Británico. Agatha Christie murió el 12 de enero de 1976.

Agatha Christie
Cita con la muerte

Traducción: J. M. F.

Obra editada en colaboración con Grupo Planeta – Argentina

Título original: *Appointment with Death*

© 1937, 1938, Agatha Christie Mallowan
© 1943, Traducción: Editorial Molino
Traductor: J. M. F.

© 2016, Grupo Editorial Planeta S.A.I.C. – Buenos Aires, Argentina

Derechos reservados

© 2018, Editorial Planeta Mexicana, S.A. de C.V.
Bajo el sello editorial BOOKET M.R.
Avenida Presidente Masarik núm. 111,
Piso 2, Polanco V Sección, Miguel Hidalgo
C.P. 11560, Ciudad de México
www.planetadelibros.com.mx

Agatha Christie

Ilustraciones de portada: © Ed
Adaptación de portada: Alejandra Ruiz Esparza

Primera edición impresa en Argentina: octubre de 2016
ISBN: 978-987-580-837-9

Primera edición impresa en México en Booket: junio de 2018
Cuarta reimpresión en México en Booket: diciembre de 2022
ISBN: 978-607-07-5006-9

Impreso en los talleres de Impregráfica Digital, S.A. de C.V.
Av. Coyoacán 100-D, Valle Norte, Benito Juárez
Ciudad De Mexico, C.P. 03103
Impreso en México –*Printed in Mexico*

Guía del lector

A continuación se relacionan en orden alfabético los principales personajes que intervienen en esta obra

Boynton (Mistress): Ex celadora de una cárcel, viuda de Elmer, que fue gobernador de esa cárcel.

Boynton (Raymond): Hijastro de dicha señora.

Boynton (Carol): También hijastra de la misma y hermana de Raymond.

Boynton (Lennox): Hermanastro de los anteriores.

Boynton (Ginevra): Hermana del anterior.

Boynton (Nadine): Esposa de Lennox.

Carbury: Coronel, comisario de Amman.

Cope (Jefferson): Antiguo amigo de los Boynton.

Gerard (Theodore): Eminente especialista en enfermedades mentales.

King (Sarah): Joven doctora en medicina.

Mahmoud: Guía y criado beduino.

Pierce (Annabel): Profesora, turista, compañera de lady Westholme.

Poirot (Hércules): Famoso detective.

Westholme (Lady): Turista, miembro del parlamento inglés.

Primera parte

Capítulo primero

—¿No comprendes que es necesario matarla?

La pregunta flotó en la quietud de la noche; pareció permanecer un momento inmóvil en el aire y por fin se alejó hacia el Mar Muerto.

Hércules Poirot quedó inmóvil, con las manos en la ventana. Frunciendo el ceño acabó por cerrar la ventana, impidiendo decisivamente el paso a todo molesto aire nocturno. Hércules Poirot había sido educado en la convicción de que el aire exterior estaba muy bien fuera de las habitaciones y que el aire nocturno era terriblemente nocivo a la salud.

Mientras corría las cortinas y se dirigía a la cama, sonrió burlonamente:

«¿No comprendes que es necesario matarla?».

Era curioso que un detective como Poirot escuchara estas palabras en su primera noche en Jerusalén.

—Indudablemente, dondequiera que voy hay algo que me recuerda el crimen —murmuró.

Su sonrisa se acentuó al recordar una historia que oyó una vez acerca de Anthony Trollope, el novelista. Trollope cruzaba el Atlántico y en el buque en que navegaba oyó a dos pasajeros discutir el último episodio publicado de una de sus novelas.

—Está muy bien —decía uno de los que hablaban—, pero debiera matar a esa repulsiva mujer.

Con amplia sonrisa, el novelista les abordó.

—Caballeros —dijo—. Les estoy muy agradecido. Iré a matarla en seguida.

Hércules Poirot se preguntó a qué obedecerían las palabras oídas. Quizás una colaboración en alguna novela o comedia.

Siempre sonriendo, pensó:

—Esas palabras podrían ser recordadas algún día y tener entonces un significado más siniestro.

Recordó también que en la voz hubo una nerviosa intensidad, un temblor que indicaba alguna emoción intensa. Era una voz de hombre o de un muchacho.

Mientras apagaba la lámpara de la mesita de noche, Hércules Poirot pensó:

«No me costaría ningún trabajo reconocer esa voz».

Acodados en el alféizar de la ventana, con las cabezas muy juntas, Raymond y Carol Boynton tenían la mirada fija en las azuladas profundidades de la noche. Nerviosamente, Raymond repitió sus anteriores palabras:

—¿No comprendes que es necesario matarla?

Carol Boynton estremecióse ligeramente. Con voz profunda y ronca, contestó:

—¡Es horrible!

—No es más horrible que esto.

—No, claro...

Violentamente, Raymond agregó:

—¡No puedo seguir así...! ¡No puedo! Tenemos que hacer algo... Y no podemos hacer otra cosa.

—Si pudiéramos marcharnos... —murmuró Carol sin ningún convencimiento.

—No podemos, Carol. Ya lo sabes.

La voz de Raymond estaba llena de desesperación.

La muchacha se estremeció.

—Lo sé, Ray, lo sé.

—La gente nos creerá locos por no habernos atrevido a huir.

—Quizás estemos locos —suspiró Carol.

—Tal vez. O por lo menos lo estaremos pronto... Si alguien nos oyera planear fríamente el asesinato de nuestra madre, nos creería locos.

—¡No es nuestra madre! —replicó vivamente Carol.

—No, no lo es.

Hubo una pausa y luego Raymond preguntó con forzada indiferencia:

—¿Estás conforme, Carol?

Carol respondió con viveza:

—Sí, debe morir. —Y bruscamente, perdido el dominio de sus nervios, la muchacha exclamó—: ¡Está loca! ¡Estoy segura de que está loca!... Si no lo estuviese no podría atormentarnos como lo hace. Desde hace años decimos que esto no puede seguir; pero ha seguido. Hemos dicho: «No tardará en morir»; pero no ha muerto. Ni creo que muera, a menos que...

Con gran firmeza, Raymond terminó:

—A menos que la asesinemos.

—Sí.

La muchacha apoyó fuertemente las manos sobre el alféizar.

Con fría indiferencia y con sólo un ligero temblor que revelaba su emoción, la hermana siguió:

—Te das cuenta de que tiene que hacerlo uno de nosotros, ¿verdad? No podemos contar con Lennox ni con Nadine, y no podemos hacer que nos ayude Jinny.

Carol se estremeció.

—¡Pobre Jinny! ¡Tengo miedo…!

—Lo sé. Las cosas se complican cada vez más. Por eso hay que tomar una decisión en seguida… antes de que ella…

Carol irguióse, echando hacia atrás un mechón de cabellos castaños.

—¿Verdad que no crees que esté mal hacer eso, Ray? —preguntó.

Con la misma indiferencia de antes, Raymond replicó:

—No; creo que es como matar un perro rabioso… Es algo que hace daño y que debe ser frenado. Y sólo podemos detenerla así.

Carol murmuró:

—Pero de todas formas nos mandarían a la silla eléctrica… No podemos explicar cómo es ella… Resultaría demasiado increíble… En parte, todo eso sólo existe en nuestra imaginación.

—Nadie lo sabrá jamás —dijo Raymond—. Tengo una idea. La he meditado bien. No correremos ningún peligro.

Carol volvióse bruscamente hacia su hermano.

—Ray, pareces distinto. Has cambiado. Algo te ha sucedido. ¿Cómo se te ha podido ocurrir una cosa semejante?

—¿Por qué crees que se me ha ocurrido algo?

Al hablar, Raymond había vuelto la cabeza y clavado la mirada en el estrellado cielo.

—Porque… Dime, Ray, ¿fue aquella muchacha que encontraste en el tren?

—No, de ninguna manera. ¿Por qué? Por favor, Carol, no digas tonterías. Volvamos a… a…

—¿A nuestro plan? ¿Estás seguro de que es bueno?

—Creo que sí… Debemos aguardar a que se nos presente la oportunidad. Y si sale bien, quedaremos libres… todos libres.

—¿Libres? —Carol lanzó un suspiro y miró al cielo.

De pronto rompió a llorar convulsivamente.

—¿Carol? ¿Qué te ocurre?

La muchacha lloró quebradamente.

—¡Es tan hermosa la noche! ¡Si pudiésemos ser como ella! Si pudiésemos ser como los demás en vez de ser, como somos, extraños, malos...

—Seremos normales cuando ella muera.

—¿Estás seguro? ¿No es demasiado tarde? ¿No seremos siempre extraños y distintos a los demás?

—No, no, no.

—No sé...

—Carol, si no quieres...

La muchacha rechazó los brazos de su hermano.

—No. Estoy decididamente contigo. Por los otros, sobre todo por Jinny. ¡Tenemos que salvar a Jinny!

Tras un breve silencio, Raymond preguntó:

—Entonces, ¿seguiremos adelante?

—Sí.

—Bien. Te confiaré mi plan.

Raymond inclinóse al oído de su hermana y habló en voz baja.

Capítulo II

Miss Sarah King hallábase junto a una de las mesas del salón de lectura del hotel Salomón, de Jerusalén, removiendo distraídamente los periódicos y revistas. Su ceño estaba fruncido. Parecía preocupada.

El alto francés que entró en la sala la observó un momento antes de dirigirse al extremo opuesto de la mesa. Cuando sus miradas se encontraron, Sarah hizo un leve gesto de saludo. Recordaba que aquel hombre la había ayudado durante el viaje desde El Cairo y que llevó una de sus maletas cuando no encontraron ningún mozo de estación.

—¿Le gusta Jerusalén? —preguntó el doctor Gerard después que se hubieron saludado.

—Hay momentos en que me parece terrible —dijo Sarah—. La religión es muy extraña.

—Comprendo lo que quiere decir. —Hablaba correctamente el idioma de miss King—. Se refiere a las luchas entre las innumerables sectas religiosas.

—¡Y los horribles edificios que han levantado! —agregó Sarah.

—Es cierto.

Sarah suspiró.

—Hoy me echaron de un sitio porque llevaba un traje sin mangas —dijo.

El doctor Gerard se echó a reír. Luego dijo:

—Iba a tomar café. ¿Quiere acompañarme, miss...?

—Me llamo Sarah King.

—Y yo... Con su permiso...

Sacó una tarjeta. Al leerla, Sarah desorbitó los ojos.

—¿El doctor Theodore Gerard? ¡Qué emoción haberle encontrado! He leído todos sus libros. Sus escritos sobre esquizofrenia son muy interesantes.

—¿De veras? —preguntó Gerard, arqueando las cejas.

Sarah explicó:

—Acabo de recibir mi diploma en medicina.

—¡Ah!

El doctor Gerard encargó que les sirvieran café y se sentaron en un extremo del comedor. El francés sentíase menos interesado por los progresos médicos de la joven que por sus negros cabellos, su hermosa boca y bello rostro. Le divertía la admiración con que la joven le miraba.

—¿Piensa permanecer mucho tiempo aquí? —le preguntó.

—Unos días. Luego quiero ir a Petra.

—¡Caramba! También yo pensaba ir allí. Pero no sé si podré. He de estar de vuelta en París el día catorce.

—Creo que se tarda una semana. Dos días para ir, dos para estar allí y otros dos para volver.

—Luego iré a la agencia de viajes para ver lo que puede hacerse.

Un grupo de personas entró en el comedor y se sentaron a poca distancia. Sarah les observó y bajó la voz.

—¿Se ha fijado en esos que acaban de entrar? ¿No recuerda haberlos visto la otra noche en el tren? Salieron de El Cairo al mismo tiempo que nosotros.

El doctor Gerard ajustóse el monóculo y dirigió la mirada hacia los recién llegados.

—¿De América?

Sarah asintió.

—Sí, una familia estadounidense. Pero muy curiosa, según veo.

—¿En qué sentido?

—Fíjese en ellos detenidamente. Sobre todo en la vieja.

El doctor Gerard obedeció. Su aguda mirada recorrió velozmente todos los rostros.

Observó, ante todo, a un hombre alto, de rostro enjuto, de unos treinta años. Sus facciones eran agradables; pero revelaban debilidad. Había dos atractivos jóvenes —el muchacho tenía un perfil casi griego—. «Algo le ocurre», pensó el doctor Gerard. «Sí, está con los nervios en tensión.» La muchacha debía de ser su hermana, pues el parecido entre ellos era muy grande. También estaba nerviosa. Había otra muchacha, joven, de cabellos rojos dorados, que nimbaban su cabeza como un halo. Sus manos, muy nerviosas, estaban destrozando el pañuelo que tenía en el regazo. Otra de las mujeres que formaban aquel grupo era joven, de cabello negro, rostro apacible, sin mostrar ninguna tensión nerviosa. Recordaba a una «madonna» de Luini. En ella no había nada nervioso. Y en el centro del grupo... «¡Cielos!», pensó el doctor Gerard, con ingenua y francesa repugnancia: «¡Qué mujer más horrible!». Vieja, arrugada, sentada con la inmovilidad de un antiguo y desfigurado Buda, o como una araña en el centro de su tela.

—La *maman* no es bonita, ¿eh? —dijo a Sarah, encogiéndose de hombros.

—Hay algo siniestro en ella, ¿no cree? —preguntó Sarah.

El doctor Gerard la volvió a examinar. Esta vez su mirada fue profesional, no estética.

—Cardíaca… —murmuró.

—Sí —aprobó Sarah—, pero hay algo extraño en su actitud, ¿no cree?

—¿Sabe usted quiénes son?

—Se llaman Boynton. La madre, un hijo casado, su mujer, otro hijo más joven y dos hijas menores.

—*La famille Boynton* recorre todo el mundo —sonrió el doctor.

—Sí; pero hay algo muy extraño en la manera que tienen de recorrerlo. Nunca hablan con nadie. Y ninguno de ellos puede hacer nada sin el consentimiento de la madre.

—Es una matriarca —murmuró, pensativo, Gerard.

—Creo que es una completa tirana —dijo Sarah.

El doctor Gerard se encogió de hombros y observó que el dominio que ejerce la mujer estadounidense era reconocido en todo el mundo.

—Pero hay algo más —insistió Sarah—. Los tiene a todos bajo el pie. ¡No hay derecho!

—Para una mujer, el ser demasiado poderosa es malo —declaró Gerard. Movió la cabeza, agregando—: A una mujer le resulta difícil no abusar de su poder.

Miró a Sarah y la descubrió observando a la familia Boynton, o mejor dicho, a un miembro de dicha familia. El doctor Gerard sonrió con comprensión muy francesa. ¡Ah! ¿Era eso? Insinuadoramente, murmuró:

—Ha hablado con ellos, ¿verdad?

—Sí…; con uno de ellos.

—¿Con el hijo más joven?

—Sí, en el tren, viniendo de Kantara. Estaba en el pasillo. Le hablé.

—¿Qué le impulsó a hablarle? —preguntó Gerard.

Sarah se encogió de hombros.

—¿Por qué no debía hablarles? Suelo hablar con los compañeros de viaje. Me interesa la gente, sus acciones y sus sentimientos.

17

—¿Los examina con el microscopio?

—Algo por el estilo —sonrió la joven.

—¿Y qué impresión ha sacado de este caso?

—Pues… —la joven vaciló—. Fue muy extraño. El joven enrojeció hasta la raíz de los cabellos.

—¿Eso es muy notable? —preguntó Gerard, secamente.

Sarah echóse a reír.

—¿Cree que imaginó que yo era una desvergonzada que me insinuaba? No, no creo que pudiera ser eso. Los hombres saben discernir, ¿verdad?

Miró con franca interrogación al doctor Gerard, quien asintió con la cabeza.

—Tengo la impresión de que el muchacho se sentía emocionado y a la vez inquieto. Enormemente emocionado y al mismo tiempo absolutamente inquieto. Es raro, pues siempre he visto que los estadounidenses están muy seguros de sí mismos. Un estadounidense de veinte años sabe mucho más del mundo que un muchacho inglés de la misma edad. Ese joven debe de tener veinte años.

—Yo diría que tiene veintitrés o veinticuatro.

—¿Tantos?

—Creo que sí.

—Quizá tenga razón… Sin embargo, me parece muy joven…

—No se ha desarrollado mentalmente. Persiste la infantilidad.

—Entonces tengo razón al creer que existe en él algo anormal.

El doctor Gerard se encogió de hombros, sonriendo.

—Señorita —dijo—, ¿quién de nosotros es enteramente normal? Sin embargo, en este caso creo que existe una base neurótica.

—Seguramente relacionada con esa horrible mujer.

—Parece sentir por ella una gran antipatía —declaró Gerard, mirando curiosamente a la joven.

—Sí, la siento. Tiene una mirada malévola.

—Eso les ocurre a muchas madres con hijos casaderos —murmuró el doctor—. Sobre todo cuando esos hijos se sienten atraídos por muchachas muy lindas.

Sarah se encogió impacientemente de hombros. Se dijo que los franceses eran todos iguales. Estaban siempre terriblemente obsesionados por el motivo sexual. Aunque ella, psicóloga concienzuda, reconocía la presencia del sexo en la mayoría de los problemas.

Las reflexiones de Sarah fueron interrumpidas por Raymond

Boynton. El muchacho habíase levantado, yendo hacia la mesa donde estaban las revistas. Eligió una de ellas, y al pasar junto a la mesa de Sarah, ésta le preguntó:

—¿Ha visitado la población?

Había pronunciado las palabras sin elegirlas, preocupada sólo por cómo serían recibidas.

Raymond se detuvo, enrojeció, vaciló como un caballo nervioso, y su mirada dirigióse inquieta a su familia.

—¡Oh! Sí, claro… sí —murmuró.

Luego, como si hubiera recibido un espolazo, regresó junto a su familia, llevándose la revista.

La anciana tendió una gruesa mano hacia la revista; pero al cogerla, su mirada —como observó el doctor Gerard— estaba fija en el rostro del joven. Lanzó un gruñido; pero no dio las gracias. El doctor notó que luego miraba duramente a Sarah. Sin embargo, su rostro estaba impasible. Nadie hubiera podido decir lo que pasaba en el cerebro de la mujer.

Sarah consultó su reloj y lanzó una exclamación:

—Es más tarde de lo que yo imaginaba. —Se levantó—. Muchas gracias, doctor Gerard, por el café. Tengo que escribir unas cartas.

El francés se levantó y estrechó la mano de la joven.

—Espero que volveremos a encontrarnos —dijo.

—Desde luego. ¿Irá usted a Petra?

—Procuraré ir.

Sarah le dirigió una sonrisa y salió del comedor. Al hacerlo, pasó junto a la familia Boynton.

El doctor Gerard, que los observaba, vio cómo la mirada de mistress Boynton se clavaba en su hijo. Éste volvió la cabeza, no hacia Sarah, sino hacia el otro lado.

Sarah King observó el movimiento, y era lo bastante joven para sentirse molesta por ello. ¡Tan amigablemente que hablaron en el tren! Discutieron de Egipto, riendo del ridículo hablar de los vendedores callejeros. Sarah le explicó que al ser abordada groseramente por un camellero que le preguntó si era inglesa o estadounidense, le dio esta respuesta: «No, soy china». Su placer fue muy grande al notar el desconcierto con que la miraba el hombre. El joven aquel habíase mostrado ansioso de amistad y, sin embargo, ahora, sin ningún motivo, se portaba casi groseramente.

—No volveré a preocuparme por él —decidió Sarah.

La muchacha, sin ser vanidosa, tenía un concepto muy alto

de sí misma. Se sabía muy atractiva y no estaba dispuesta a aceptar desprecios de un hombre.

Quizá se mostró demasiado amable con aquel muchacho. Si lo hizo fue porque, sin saber el motivo, sintió compasión de él.

Pero todo demostraba que el joven era sólo un grosero estadounidense.

En vez de escribir las cartas que le habían servido de excusa para separarse del doctor, Sarah sentóse frente al tocador, peinó su hermosa cabellera, y mirándose al espejo, repasó su vida.

Había pasado por una difícil crisis sentimental. Un mes antes rompió su compromiso con un joven doctor, cuatro años mayor que ella. Se habían querido mucho; pero sus caracteres eran demasiado parecidos. Por lo tanto, sus peleas fueron continuas. Sarah era demasiado autocrática para admitir el dominio de su novio. Sin embargo, siempre había creído admirar la energía en el hombre y también creyó que deseaba ser dominada. Al encontrar a un hombre capaz de imponerle su dominio, descubrió que no le era grato. El romper su compromiso le costó muchos dolores; mas era lo bastante sensata para comprender que su mutua atracción no era una base suficiente para levantar sobre ella una felicidad eterna. Recetóse a sí misma unas vacaciones en el extranjero para que le ayudasen a olvidar.

Los pensamientos de Sarah volvieron del pasado al presente.

—Me gustaría hablar con el doctor Gerard de su trabajo. Ha realizado cosas maravillosas. Si al menos me tomara en serio... Quizá si va a Petra...

Luego pensó nuevamente en el curioso estadounidense.

No le cabía duda alguna de que su extraño comportamiento se debía a la presencia de su familia. Sin embargo, no podía evitar el sentir cierto desprecio por él. ¡Era ridículo que un hombre se portara de aquella forma!

No obstante...

Una extraña sensación la invadió. En todo aquello había algo raro.

En voz alta declaró:

—Ese muchacho necesita que lo salven. ¡Yo le ayudaré!

Capítulo III

Al abandonar Sarah el comedor, el doctor Gerard permaneció varios minutos donde estaba. Luego fue hacia la mesa de las revistas y tomó *Le Matin*, yendo a sentarse a pocos metros de los Boynton. Se había despertado su curiosidad.

Al principio le divirtió el interés de la joven inglesa por aquella familia estadounidense, deduciendo sagazmente que estaba interesada muy en particular por uno de sus miembros. Sin embargo, el haber observado que aquella familia no tenía nada de vulgar, despertaba su interés científico.

Muy discretamente, protegido por el periódico, fue estudiando a los Boynton. Empezó por el joven por el que se interesaba la atractiva inglesa. Sí, pensó Gerard, era un hombre que debía de interesar a una mujer enérgica. Sarah King poseía energía, nervios firmes, frialdad de juicio, voluntad decidida. El doctor Gerard juzgaba al joven muy sensible, fácil de sugestionar. Con ojo clínico descubrió que el muchacho se encontraba en aquellos momentos bajo una violenta tensión nerviosa. ¿Por qué debía encontrarse a punto de sufrir un ataque de nervios un joven de excelente salud que estaba disfrutando de un viaje de placer?

El doctor dirigió su atención hacia los otros componentes del grupo. La joven de cabellos castaños era indudablemente la hermana de Raymond. Tenían las mismas características físicas. De huesos menudos, bien formados, y de aspecto aristocrático. Sus manos eran igualmente finas, el contorno del rostro era el mismo, los dos mantenían igualmente erguida la cabeza. Sus cabellos eran largos y finos. También la muchacha estaba nerviosa… Hacía movimientos involuntariamente nerviosos. Sus hundidos ojos brillaban con la misma intensidad. Su voz, al hablar, era demasiado rápida y anhelante. La muchacha estaba vigilante sin poder reposar.

«Y también tiene miedo —decidió Gerard—. Sí, tiene miedo.»

Oyó fragmentos de conversación…, una conversación completamente normal.

—Podríamos ir a las cuadras de Salomón. ¿No sería demasiado fatigoso para mamá?… El muro de las Lamentaciones… El templo, claro… La llaman mezquita de Omar… No sé por qué… Porque fue convertido en mezquita musulmana, Lennox…

Charla de turistas comunes. No obstante, Gerard tenía la impresión de que esos retazos de conversación que había captado no eran reales. Era una máscara para ocultar algo que se agitaba en ellos. Algo demasiado profundo y vago para convertirlo desde luego en palabras.

De nuevo se escudó detrás de *Le Matin* y dirigió una cautelosa mirada a los estadounidenses.

¿Lennox?… Era el hermano mayor. Advertíase el mismo parecido familiar; pero se observaba una diferencia. Gerard estimó que era menos nervioso que los otros; pero en él había también algo raro. No se le descubría la misma tensión nerviosa que en los otros. Permanecía tranquilo, sereno. Desconcertado, Gerard buscó entre sus recuerdos a quienes había visto en los hospitales, y al fin concluyó:

«Está agotado. Sí, vencido por el sufrimiento. Su expresión es la misma que se ve en un caballo enfermo, en un perro apaleado… Torpe, bestial… Es curioso. Físicamente no parece existir nada que justifique su expresión… Sin embargo, es indudable que últimamente ha padecido mucho mentalmente… Ahora ya no sufre. Aguanta, como embrutecido, en espera de que se descargue sobre él un nuevo golpe… ¿Qué golpe? ¿Me estoy dejando llevar por la imaginación? No, el hombre aguarda que al fin suceda algo. Así esperan los enfermos de cáncer, agradeciendo el menor cese de los dolores».

Lennox Boynton se puso en pie e inclinóse a recoger un ovillo de lana que le había caído de las manos a la vieja.

—Toma, mamá.

—Gracias.

¿Qué tejía aquella monumental e impasible mujer? Algo grueso y áspero, pensó Gerard. «Mitones para los presos.» Y sonrió de su propia fantasía.

Dirigió la atención hacia el miembro más joven del grupo: la muchacha del cabello dorado. Debía de tener unos diecisiete años. Su cutis poseía la pureza que suele acompañar al cabello rojo. Aunque muy delgado, su rostro era agradable. Sonreía para sí… o al espacio. Había algo curioso en aquella sonrisa. Estaba muy alejada de allí, del hotel Salomón, de Jerusalén. Al doctor Gerard le recordaba algo… ¡Ah, sí! Era la extraña y ultraterrena sonrisa de las doncellas de la Acrópolis de Atenas. Algo lejano, amable y

22

un poco inhumano... La magia de su sonrisa, su exquisita fijeza, emocionaron a Gerard.

De pronto, con gran sobresalto, el doctor Gerard observó sus manos. Estaban ocultas al resto de sus parientes, y, bajo la mesa, destrozaban nerviosamente un pañuelito.

Esta visión le hizo estremecerse.

La vaga y lejana sonrisa..., el cuerpo inmóvil... y las activas y destructoras manos.

Capítulo IV

Sonó una lenta y asmática voz... luego la monumental tejedora habló:

—Ginevra, estás cansada; es mejor que te acuestes. El día ha sido agobiador.

La joven se sobresaltó; sus dedos interrumpieron su maquinal acción.

—No estoy cansada, mamá...

Su voz era de esas que prestan encanto a las más vulgares expresiones.

—Sí, lo estás. Lo veo. Me parece que mañana no podrás salir.

—¡Oh! ¿Por qué no? Estoy bien.

Con voz ronca, casi áspera, su madre replicó:

—No, no lo estás. Estás a punto de ponerte enferma.

—¡No, no!

La muchacha temblaba violentamente.

Una voz suave y serena intervino.

—Subiré contigo, Jinny.

La joven del cabello oscuro se puso en pie.

La anciana mistress Boynton intervino:

—No, déjala que vaya sola a su habitación.

La muchacha protestó:

—¡Quiero que me acompañe Nadine!

—Entonces te acompañaré.

La otra joven avanzó un paso.

—La niña prefiere ir sola, ¿verdad, Jinny? —preguntó la vieja.

Hubo una pausa y, por fin, Ginevra Boynton replicó con voz súbitamente apagada:

—Sí, prefiero ir sola. Gracias, Nadine.

Se alejó por el comedor. Su alto y anguloso cuerpo movíase con sorprendente gracia.

El doctor Gerard bajó el periódico y miró a placer a mistress Boynton. Ésta observaba la salida de su hija. En su rostro veíase una extraña sonrisa. Era una caricatura de la bella sonrisa que un momento antes floreciera en el rostro de la muchacha.

Luego la vieja trasladó la mirada a Nadine. Ésta habíase sentado nuevamente. Su mirada se cruzó con la de su suegra. Su rostro permanecía impasible. La anciana sonreía maliciosamente:

«¡Qué absurda tiranía!», pensó el doctor.

De pronto la mirada de la anciana cayó sobre él, cortándole la respiración. Los ojos de la mujer eran pequeños, agudos, llenos de fuerza y de maldad. El doctor Gerard sabía algo acerca del poder de la personalidad. Se daba cuenta de que no estaba frente a una inválida que satisfacía sus caprichos. Aquella mujer era una fuerza definida. En la malignidad de su mirada halló un paralelo con la mirada de la cobra. Mistress Boynton podía ser vieja, inválida, estar dominada por la enfermedad, pero no era débil ni estaba inerme. Era una mujer que conocía el sentido del poder, que lo había ejercido durante toda su vida y que jamás dudó de su propia fuerza.

«Es una domadora», se dijo el doctor Gerard, recordando que, años antes, había visto a una mujer dominar completamente a una docena de tigres que la obedecían mirándola con ojos llenos de odio.

Entonces comprendió que la familia la odiaba aunque la obedecía.

Miró con mayor interés a la llamada Nadine. En su mano izquierda lucía una alianza matrimonial. Mientras Gerard la observaba, Nadine dirigió una rápida mirada a Lennox. Era una mirada protectora, más de madre que de esposa. Aquella mirada estaba llena de ansiedad.

El doctor comprendió algo más. Se dio cuenta que de todos cuantos allí se encontraban, sólo Nadine no se dejaba dominar por el hechizo de su suegra. Podía sentir repugnancia por la anciana; pero no le tenía miedo. El poder no la dominaba.

Era desgraciada; estaba sumamente inquieta por su marido; pero era libre.

El doctor Gerard se dijo:

«Todo esto es muy interesante».

Capítulo V

En medio de estas sombrías meditaciones ocurrió algo muy vulgar que produjo un tranquilizador efecto.

Un hombre entró en el comedor y al ver a los Boynton fue hacia ellos.

Era un estadounidense de mediana edad y agradable aspecto. Vestía con elegancia, iba completamente afeitado y su voz era lenta y monótona.

—Les estaba buscando —dijo.

Meticulosamente, cambió apretones con todos.

—¿Cómo se encuentra usted, mistress Boynton? ¿Muy fatigada por el viaje?

Casi cortésmente, la vieja replicó:

—No, gracias. Como ya sabe, mi salud nunca es buena.

—Desde luego... Es un dolor...

—Pero tampoco me encuentro más enferma.

Y con lenta sonrisa de reptil, la mujer agregó:

—Nadine me cuida mucho, ¿verdad, Nadine?

—Hago lo que puedo —replicó con inexpresiva voz la aludida.

—Estoy seguro de que lo hace —aseguró calurosamente el recién llegado—. Bien, Lennox, ¿qué te parece la ciudad del rey David?

—No sé...

Lennox hablaba apáticamente, sin interés.

—Te ha decepcionado, ¿verdad? A mí al principio me ocurrió lo mismo. Quizá se deba a que no has salido mucho a pasear.

Carol Boynton explicó:

—No podemos salir mucho a causa de mamá.

Y mistress Boynton corroboró:

—Lo más que puedo hacer es dedicar un par de horas diarias a visitar la ciudad.

—Es maravilloso que sea usted capaz de desarrollar tanta energía, señora —declaró calurosamente el recién llegado.

Mistress Boynton soltó una gutural carcajada.

—No es el cuerpo sino el cerebro lo que vale... Sí, el cerebro.

Su voz apagóse y Gerard notó un sobresalto en Raymond Boynton.

—¿Ha estado usted en el muro de las Lamentaciones, míster Cope? —preguntó el joven.

—Desde luego. Fue uno de los primeros lugares que visité. Espero poder terminar en un par de días más mi visita de Jerusalén y ya he encargado a los de Cook que me preparen un itinerario para visitar toda Tierra Santa, Belén, Nazaret, Tiberíades, el mar de Galilea. Todo eso será muy interesante. Luego visitaré Jerash. Existen allí unas ruinas romanas. También quiero visitar la ciudad roja y rosa de Petra. Un fenómeno natural sumamente notable. Tendré que desviarme un poco. El lugar está alejado de las rutas normales. Se necesita casi una semana para ir allí y volver.

—Me gustaría ir —dijo Carol—. Debe de ser maravilloso. Cuantos lo conocen me lo han recomendado.

—Verdaderamente creo que vale la pena visitarlo. —Míster Cope interrumpióse para dirigir una vacilante mirada a mistress Boynton y luego, con voz turbada, continuó—: Quisiera invitar a algunos de ustedes a que me acompañaran. Ya sé que usted, señora, no podría visitar ese sitio y que parte de su familia debe quedarse con usted; pero si quisiera dividir las fuerzas...

Entre el seco entrechocar de sus agujas, mistress Boynton replicó:

—Somos una familia muy unida. No creo que ninguno de nosotros quiera separarse de los demás, ¿verdad?...

La respuesta fue unánime:

—¡Oh, no, mamá! ¡De ninguna manera!

Con su extraña sonrisa, mistress Boynton contestó:

—¿Lo ve? No quieren separarse de mí. ¿Y tú, Nadine? No has contestado.

—No, mamá; no quiero ir, a menos que Lennox lo desee.

Lentamente, mistress Boynton volvió la cabeza hacia su hijo.

—¿Qué contestas, Lennox? ¿Por qué no vais tú y Nadine? Ella parece tener deseos de visitarlo.

Lennox sobresaltóse.

—No... no —tartamudeó—. Creo que es preferible que permanezcamos juntos.

Alegremente, míster Cope declaró:

—Forman ustedes una familia muy unida.

Pero su alegría resultaba algo forzada.

—Somos muy ariscos —dijo mistress Boynton—. Nos aislamos del mundo. —Comenzó a recoger el ovillo de lana—. A propósito, Raymond, ¿quién era aquella joven con quien hablaste hace un momento?

Nerviosamente, Raymond miró a la anciana. Enrojeció y luego la sangre fluyó a su rostro.

—No sé cómo se llama. La conocí en el tren... la otra noche.

Mistress Boynton comenzó a levantarse.

—No creo que nos interese relacionarnos con ella —dijo.

Nadine se levantó para ayudar a la anciana a salir de su sillón.

Lo hizo con una profesional destreza que llamó la atención de Gerard.

—Ya es hora de acostarnos —anunció mistress Boynton—. Buenas noches, míster Cope.

—Buenas noches, mistress Boynton. Buenas noches, mistress Lennox.

Salieron todos, formando una pequeña procesión. A ninguno de los jóvenes pareció ocurrírsele permanecer en el comedor.

Míster Cope los vio alejarse. La expresión de su rostro era muy extraña.

Como el doctor Gerard sabía por experiencia, los estadounidenses son muy sociables. No andan por el mundo, como los ingleses, llenos de suspicacia. Para un hombre del tacto del doctor Gerard, el entablar conversación con míster Cope presentaba pocas dificultades. El estadounidense estaba solo y, como la mayoría de sus compatriotas, sentíase inclinado a la amabilidad. La tarjeta del doctor Gerard obró el apetecido milagro.

—¡Claro, doctor! Usted estuvo en Estados Unidos no hace mucho.

—El pasado año. Di una conferencia en Harvard.

—Lo recuerdo. Es usted uno de los más famosos médicos del mundo. En su patria no hay quien pueda comparársele.

—Es usted muy amable, caballero...

—No, no. Es un privilegio para mí el conocerle. Por cierto que en estos momentos se encuentran en Jerusalén varios personajes distinguidos. Usted, lord Weildon, sir Gabriel Steinmaum, el financiero. También está el viejo arzobispo inglés sir Manders Stone. Y lady Westholme, mujer de gran relieve en la política inglesa. ¡Y el famoso detective belga Hércules Poirot!

—¿Hércules Poirot? ¿Está en Jerusalén?

—Leí su llegada en uno de los periódicos. Parece como si el

mundo entero se hubiese congregado en el hotel Salomón. Un hotel excelente... y muy bien decorado.

Era indudable que Jefferson Cope estaba disfrutando. El doctor Gerard era un hombre que sabía ser simpático cuando le interesaba. Al cabo de un momento los dos hombres se dirigieron al bar.

Después de un par de whiskies con soda, Gerard preguntó:

—¿Son todos los estadounidenses como esa familia con quien ha hablado usted?

Cope bebió, pensativo, la mezcla. Luego dijo:

—No... no creo que sean así.

—¿No? Sin embargo, parece una familia muy unida.

Lentamente, Cope murmuró:

—Es cierto que parecen muy unidos alrededor de la anciana. Es una mujer muy notable.

—¿De veras?

Míster Cope necesitaba pocos estímulos. La leve invitación fue suficiente.

—No tengo inconveniente en decirle, doctor Gerard, que he pensado mucho en esa familia. Me tiene preocupado, y me agradaría hablarle de ella, si no le aburro.

El doctor Gerard aseguró que nada podía aburrirle menos que aquello. Míster Jefferson Cope prosiguió lentamente, con el rostro reflejando perplejidad:

—Le aseguro que estoy preocupado. Mistress Boynton es una vieja amiga mía. No me refiero a la anciana mistress Boynton, sino a la joven. A mistress Lennox Boynton.

—¡Ah, sí! ¿Se refiere usted a la encantadora joven morena?

—Sí. Es Nadine. Nadine Boynton es una mujer encantadora, doctor. La conocí antes de que se casara. Entonces trabajaba en un hospital, estudiando para enfermera. Pasó unas vacaciones con los Boynton y se casó con Lennox.

Cope bebió un sorbo de licor y agregó:

—Quisiera explicarle algo acerca de la historia familiar de los Boynton.

—Me interesa mucho.

—Elmer Boynton, hombre simpático y muy conocido, se casó dos veces. Su primera esposa murió cuando Carol y Raymond eran muy pequeños. Me han dicho que la segunda mistress Boynton era, al casarse, una mujer muy hermosa, aunque no joven. Resulta casi increíble creer que alguna vez haya sido hermosa; sobre todo viéndola ahora. Mas las personas que me lo han asegurado la conocieron bien. Su marido la admiraba mucho y seguía en todo sus consejos. Antes de morir estuvo varios años inválido y fue ella quien, prácticamente, gobernó la casa. Es muy inteligente y posee un gran sentido de los negocios. Después de la muerte de Elmer entregóse por entero al cuidado de sus hijos. Muy bonita; pero muy delicada de salud. Pues bien, como le decía, mistress Boynton entregóse por entero a su familia. Se encerró fuera del mundo. No sé lo que usted opinará, doctor Gerard; pero no me parece un proceder sensato.

—Estoy de acuerdo con usted. Es muy perjudicial para el desarrollo intelectual.

—Exacto. Mistress Boynton escudó a esos muchachos contra sus semejantes y no les permitió ninguna relación externa. El resultado ha sido que han crecido muy nerviosos, raros, incapaces de trabar amistad con nadie. Creo que mistress Boynton ha obrado de buena fe, y que todo se debe a un exceso de cariño.

—¿Viven todos juntos? —preguntó el doctor.

—Sí.

—¿Ninguno de ellos trabaja?

—No. Elmer Boynton era muy rico. Dejó toda su fortuna, de por vida, a mistress Boynton, aunque estipulando que debía sostener a la familia.

—Entonces todos dependen económicamente de ella, ¿no es así?

—En efecto. Ella ha hecho lo posible para que vivan en su casa y no busquen empleos fuera de su hogar. Quizás esté bien. Son lo bastante ricos para no necesitar trabajar; pero yo opino que el hombre, al menos, debe trabajar. Hay algo más. Ninguno de ellos tiene aficiones. No juegan al golf, no van a bailes ni hacen nada de lo que es natural en los jóvenes. Viven en una especie de cuartel, lejos de todo lugar habitado, en pleno campo. Le aseguro, doctor, que todo eso me parece una equivocación.

—De acuerdo —aseguró Gerard.

—Ninguno de ellos tiene el menor sentido social. Les falta el sentido de comunidad. Pueden ser una familia muy unida, pero se hallan demasiado encerrados en ellos mismos.

—¿No ha habido nunca ninguno de ellos que intentara independizarse?

—Que yo sepa, no. Se dejan llevar.

—¿Cree que la culpa es de ellos o de mistress Boynton?

Jefferson Cope se movió, inquieto.

—Creo que ella tiene parte de culpa. Los ha educado mal. Sin embargo, cuando un hombre llega a la madurez, debe obrar por su propia cuenta y nada ni nadie debe ligarle a las faldas de su madre. Debe elegir él mismo, ser independiente.

—Eso podría resultarle imposible —murmuró el doctor Gerard.

—¿Por qué?

—Existen medios de impedir el crecimiento de un árbol, señor Cope.

—Todos están muy sanos, doctor —replicó Cope.

—La mente puede ser entorpecida, lo mismo que el cuerpo.

—Son inteligentes.

Gerard suspiró.

Jefferson Cope continuó:

—No, doctor Gerard, créame. Un hombre tiene el dominio de su destino en sus propias manos. Un hombre que se respeta dirige por sí mismo su vida. No se está en un rincón jugando con los dedos.

Gerard miró curiosamente a su compañero.

—Creo que se refiere particularmente a míster Lennox Boynton, ¿no es cierto? —preguntó.

—Sí, pensaba en él. Raymond es sólo un adolescente; pero Lennox tiene ya treinta años. Ya es hora de que se hubiese mostrado capaz de hacer algo.

—¿Resulta la vida muy difícil para su mujer?

—Desde luego. Para ella es una vida difícil. Nadine es una muchacha excelente. La admiro mucho más de lo que puedo explicar. Ella no se queja. *Pero* no es feliz, doctor Gerard. Es todo lo desgraciada que se puede ser.

—Creo que tiene usted razón —asintió Gerard.

—Desconozco su opinión, doctor; pero la mía es de que la paciencia de una mujer tiene un límite. Si yo estuviera en el lugar de Nadine daría un buen rapapolvo a Lennox. O demuestra ser capaz de hacer algo o...

—¿Cree usted que ella le abandonaría?

—Tiene derecho a vivir su vida. Si Lennox no sabe apreciarla como se merece, existen otros hombres.

—Por ejemplo, usted, ¿no?

El estadounidense enrojeció.

Luego, mirando fijamente al francés, contestó con digna sencillez:

—Es verdad. No me avergüenzo de mis sentimientos hacia ella. La respeto y la aprecio. Todo cuanto deseo es su felicidad. Si fuese feliz con Lennox me retiraría del escenario.

—Pero tal como están las cosas...

—Permanezco en escena, y si ella me necesita acudiré a su llamada.

—Es usted un perfecto caballero.

—¿Cómo?

—La caballerosidad sólo perdura actualmente en los Estados Unidos. Le gusta servir a su dama sin esperanza de premio. Es muy admirable. Pero, ¿qué imagina usted poder hacer por ella?

—Mi intención es permanecer cerca de Nadine, dispuesto a ayudarla.

—¿Puedo preguntarle cuál es la actitud de mistress Boynton, de la anciana, hacia usted?

Lentamente, Jefferson Cope replicó:

—No estoy muy seguro de ella. No la conozco bien. Ya le he dicho que no le gusta relacionarse con extraños. Sin embargo, conmigo siempre se ha portado de distinta manera. Me trata como a uno de la familia.

—¿Aprueba su amistad con mistress Lennox?

—Sí.

El doctor Gerard se encogió de hombros.

—¿No le parece extraño?

Secamente, Jefferson Cope replicó:

—Le aseguro que en nuestra amistad no hay nada censurable. Es sólo platónica.

—Lo creo. Sin embargo, le repito que es extraño que mistress Boynton apruebe esa amistad. Le aseguro que mistress Boynton me interesa muchísimo.

—Es una mujer notable. Posee un gran carácter y una personalidad muy definida. Ya le he dicho que Elmer Boynton hacía mucho caso de sus opiniones.

—Tanto que dejó a sus hijos a merced de ella. En mi país habría sido imposible hacer eso legalmente.

Míster Cope se levantó.

—En Estados Unidos tenemos mucha fe en la libertad.

El doctor Gerard también se levantó. La observación de Cope no le causó ninguna impresión. La había oído en labios de otros muchos ciudadanos de distintos países. La ilusión de la libertad es prerrogativa de todas las razas.

32

El doctor Gerard era más inteligente. Sabía que ninguna raza, país o comunidad puede ser considerado libre. Pero sabía también que hay muchas clases de lazos. Pensativo e interesado subió a su cuarto.

Capítulo VI

Sarah King contemplaba la maravilla del templo de Haram-esh-Sherif. El rumor de las fuentes sonaba en sus oídos. Pequeños grupos de turistas pasaban por allí sin turbar la beatífica paz de la atmósfera oriental.

«Era extraño —pensó Sarah—, que David hubiera pagado seiscientos cequíes de oro por aquel lugar y lo hubiese convertido en Palacio Santo.» Y ahora se escuchaba la charla de los visitantes de numerosos países…

Volvióse hacia la mezquita y se preguntó si el templo de Salomón habría sido tan hermoso.

Oyóse un rumor de pasos y un grupo de visitantes salió del interior. Eran los Boynton, escoltados por un voluble cicerone. Mistress Boynton iba sostenida por Lennox y Raymond. Nadine y míster Cope iban detrás. Carol caminaba en último lugar. Cuando se alejaban, la muchachita se fijó en Sarah.

—Perdone —dijo casi sin aliento—. Quiero… necesito hablarle.

Carol temblaba violentamente. Estaba pálida como una muerta.

—Se trata de mi hermano. Ayer noche, cuando usted le habló, debió de pensar que era muy grosero. Pero él no quería serlo… Es que… no pudo evitarlo… Se lo aseguro.

Sarah tuvo la impresión de que la escena era ridícula. Su orgullo y su buen gusto se sentían ofendidos. ¿Por qué debía una muchacha desconocida correr así a darle unas excusas tontas a favor de su hermano?

Una seca réplica vacilaba en sus labios… Pero de pronto su humor cambió.

En todo aquello había algo extraordinario. Aquella muchacha estaba llena de ansiedad. El sentimiento que impulsó a Sarah a seguir la carrera de medicina actuó en favor de la muchacha. Su instinto le dijo que ocurría algo muy grave.

—Cuénteme —dijo.

—Habló con usted en el tren, ¿verdad?

—Sí… por lo menos yo hablé con él.

—Claro. Pero ayer noche Ray estaba asustado.

—¿Asustado?

Carol enrojeció.

—Ya sé que resulta absurdo —dijo—. Es que mi madre… no está bien y no le gusta que hagamos amistades fuera de casa. Pero yo sé que Ray… Él quisiera ser amigo de usted.

Sarah sentíase interesada. Antes de que pudiera decir nada, Carol prosiguió:

—Ya sé que todo esto que digo parece una locura… Es que somos una familia muy extraña. —Dirigió una mirada a su alrededor. Era una mirada de miedo—. No puedo entretenerme más. Se darían cuenta de que no estoy con ellos.

Sarah tomó una decisión.

—¿Por qué no se queda, si lo desea? —preguntó—. Podemos volver juntas.

—¡Oh, no! —Carol retrocedió—. No puedo.

—¿Por qué?

—No puedo. Mi madre se… me…

—Ya sé que a veces a los padres les cuesta mucho darse cuenta de que sus hijos son mayores —dijo pausadamente Sarah—. Por ello siguen dirigiendo sus vidas. Pero los hijos no deben dejarse vencer. Deben reclamar sus derechos.

—Usted no comprende… no puede comprender… —murmuró Carol, retorciéndose las manos.

—A veces uno cede por temor a las peleas —prosiguió Sarah—. Las peleas familiares son muy desagradables; pero creo que la libertad de acción merece que se luche por ella.

—¿Libertad? —Carol miró a la joven—. Ninguno de nosotros ha sido nunca libre. Nunca lo seremos.

—¡Eso es una tontería! —declaró con sequedad Sarah.

Carol inclinóse hacia ella.

—Óigame. Quiero que comprenda —dijo—. Antes de su boda, mi madre, en realidad es mi madrastra, fue celadora en una cárcel. Mi padre era el gobernador y se casó con ella. Desde entonces todo ha sido igual. Ella ha continuado siendo nuestra celadora. Por eso nuestra vida transcurre como en una cárcel.

Carol miró de nuevo a su alrededor.

—Me han echado de menos… Tengo que irme.

Sarah la tomó de un brazo.

—Un momento. Tenemos que vernos y hablar.

—No puedo. No podré.

—¡Sí puede! —Sarah hablaba autoritariamente—. Vaya a mi

habitación esta noche. Es la trescientos diecinueve. No lo olvide. Trescientos diecinueve.

Soltó a la muchacha y Carol corrió a reunirse con su familia.

Sarah la siguió con los ojos. La proximidad del doctor Gerard la arrancó de sus pensamientos.

—Buenos días, miss King. ¿Ha hablado con miss Carol Boynton?

—Sí. Hemos sostenido la más extraordinaria conversación que pueda imaginarse.

Repitió sustancialmente la charla con Carol.

Al llegar a un punto Gerard se sobresaltó.

—¿Ese viejo hipopótamo era celadora en una cárcel? Es muy significativo.

—¿Cree que en eso se basa su tiranía? —preguntó Sarah—. ¿La costumbre de su antigua profesión?

Gerard movió negativamente la cabeza.

—No. Eso es abordar la cuestión desde un punto falso. Esa mujer no ama la tiranía por haber sido celadora de una cárcel. Sería mejor suponer que se hizo celadora porque le gusta imponer su tiranía. Opino que la idea que la empujó a dicho cargo fue el secreto deseo de dominar a sus semejantes.

Con gravedad, el doctor continuó:

—En el subconsciente tenemos enterrados muchos de esos extraños sentimientos. Ansia de poder... anhelos de crueldad... deseos salvajes de destrozar... Todo ello es herencia ancestral. A veces los podemos encerrar bajo llave e impedirles que se asomen al exterior; pero en otras ocasiones son demasiado poderosos.

Sarah se estremeció.

—¿Cree a mistress Boynton un ser sádico? —le preguntó.

—Estoy casi seguro de ello. Creo que disfruta haciendo daño. Pero no un daño físico, sino moral. Esos seres son difíciles de tratar. Les gusta dominar a otros seres humanos y les gusta hacerles sufrir.

—¡Es horrible!

Gerard contó a Sarah su charla con Jefferson Cope.

—¿Y ese hombre no se da cuenta de lo que sucede? —preguntó pensativa la joven doctora.

—¿Cómo va a comprenderlo? No es un psicólogo.

—Es verdad. No posee nuestra desagradable inteligencia.

—Cierto. Es un ser agradable, completamente normal. Prefiere creer en lo bueno antes que en lo malo. Se da cuenta de que los Boynton viven en un ambiente equivocado; pero él supone a mistress Boynton más equivocada que mala.

—Eso debe de distraerla.

—Creo que la divierte mucho.

—¿Y por qué no rompen con ella? —preguntó impacientemente Sarah—. Podrían hacerlo.

Gerard movió negativamente la cabeza.

—No; en eso se engaña usted. *No pueden.* ¿No ha probado nunca el antiguo experimento que se hace con los gallos? Se traza con yeso una raya en el suelo y se obliga al gallo a inclinar el pico sobre ella. El gallo cree estar atado allí. No levanta la cabeza. Lo mismo ocurre con esos desgraciados. Recuerde que esa mujer los ha tenido en sus manos desde que eran niños. Su dominio ha sido mental. Les ha convencido hipnóticamente de que *no pueden desobedecerla.* Ya sé que muchos dirían que eso es una estupidez; pero usted y yo sabemos que no lo es. Les ha hecho creer que es inevitable ya que dependen de ella. Hace tanto tiempo que están en la cárcel, que si vieran la puerta abierta no se atreverían a escapar. Uno de ellos, al menos, ya no quiere ser libre. ¡Todos tienen miedo a la libertad!

Sarah preguntó:

—¿Qué ocurrirá cuando muera?

Gerard se encogió de hombros.

—Depende en qué momento ocurra. Si sucediera ahora... quizá no fuese demasiado tarde. Los más jóvenes podrían llegar a ser seres normales. Es posible que en el caso de Lennox la cosa ya haya ido demasiado lejos. Me hace el efecto de un hombre que ha perdido la esperanza, que vive y resiste como una bestia.

Impaciente, Sarah replicó:

—Su mujer debiera hacer algo. Podría haberle sacado de ese estado.

—Quizá lo probó y fracasó.

—¿La cree también víctima del hechizo?

Gerard movió negativamente la cabeza.

—No. No creo que la anciana tenga ningún poder sobre ella, y por ese motivo la odia más que a nadie. Fíjese en sus ojos.

Sarah frunció el ceño.

—A esa mujer deberían asesinarla. Yo le recetaría una dosis de arsénico en su desayuno.

Bruscamente Sarah se interrumpió agregando luego, con interés:

—¿Y la más joven? Me refiero a la del cabello rojo dorado.

Gerard meditó unos instantes.

—No sé. Hay algo extraño en ella. Al fin y al cabo Ginevra Boynton es hija de ella.

—Sí, eso debe de variar las cosas. ¿O acaso no?

Muy despacio, Gerard replicó:

—No creo que cuando la manía por el poder y el afán de crueldad se han apoderado de un ser pueda respetar a nadie. Ni siquiera a sus más allegados y queridos.

Al cabo de unos instantes de silencio, Sarah declaró:

—A esa mujer deberían haberla encerrado en un manicomio. Seres como ése no deberían permanecer en el mundo.

Capítulo VII

Sarah estuvo preguntándose todo el día si Carol Boynton acudiría aquella noche a su cita. Sospechaba que no; pero de todas formas hizo los preparativos para recibirla, sacando una lamparilla de alcohol y poniendo a hervir agua en ella.

A eso de la una, cuando ya desconfiaba de verla, oyó una llamada a la puerta. Fue a abrir, dando paso a Carol, que penetró en su habitación.

—Temí que se hubiera acostado —dijo la muchacha.

—¡Oh, no! La esperaba. ¿Quiere tomar un poco de té? Es legítimo Lapsang Souchong.

Trajo unas tazas. Carol estaba muy nerviosa y vacilante, pero después de tomar el té y una galleta se calmó un poco.

—Es curioso —dijo Sarah, sonriente.

Carol la miró sobresaltada.

—Me recuerda las fiestas de medianoche que celebrábamos en el colegio —continuó Sarah—. Usted no debe de haber ido al colegio.

—Nunca salimos de casa. Tuvimos una institutriz. Varias institutrices. Ninguna duraba mucho tiempo en casa.

—¿No cambiaron de residencia?

—No. Vivimos siempre en el mismo sitio. Ésta es la primera vez que viajamos por el extranjero.

Como sin darle importancia, Sarah aventuró:

—Debe de haber sido una gran aventura para ustedes.

—Ha sido como un sueño.

—¿Qué fue lo que decidió a su madrastra a venir aquí?

Notando que la mención de mistress Boynton alteraba a la muchacha, Sarah prosiguió:

—Soy médica. Acabo de recibir el diploma. Su madrastra me interesa mucho desde el punto de vista clínico. Es un caso patológico.

Carol miró extrañada a miss King. Su punto de vista debía de resultarle desconcertante. Para ella, como para todos los familiares, mistress Boynton era como un ídolo poderoso. Las palabras de Sarah iban encaminadas a arrebatar al ídolo gran parte del poder que sus adoradores le adjudicaban.

—Sí —continuó Sarah—. Es una especie de enfermedad, de delirio de grandeza que se apodera de la gente. Se vuelven autócratas e insisten en que todo se haga tal como ellos dicen. Es muy difícil tratar con ellos.

Carol dejó la taza sobre la mesa.

—¡Cuánto me alegra hablar con usted! —declaró—. Realmente, creo que Ray y yo nos hemos vuelto un poco extraños. Nos han afectado mucho todas estas cosas…

—Hablar con un extraño es siempre bueno —dijo Sarah—. ¿No ha pensado usted nunca en marcharse de casa?

Carol pareció sobresaltarse.

—No. ¿Cómo iba a pensarlo? Mamá nunca me lo permitiría.

—Pero ella no podría impedírselo. Es usted mayor de edad.

—Tengo veintitrés años.

—Entonces…

—Pero no sabría qué hacer ni adónde ir… No tenemos dinero.

—¿No tienen amigos a quienes recurrir?

—¿Amigos? —Carol movió negativamente la cabeza—. No, no conocemos a nadie.

—¿Ninguno de ustedes ha pensado nunca en abandonar la casa?

—No podríamos hacerlo…

Sarah cambió de tema. Sentía una gran compasión por la muchacha.

—¿Quiere usted a su madrastra? —preguntó.

Lentamente, Carol negó con la cabeza.

—La odio. Lo mismo le ocurre a Ray… Hemos deseado infinidad de veces su muerte.

De nuevo Sarah varió el tema de la conversación:

—Hábleme de su hermano mayor.

—¿Lennox? No sé qué le ocurre. Apenas habla. Va por el mundo como si anduviese dormido. Nadine está muy preocupada por él.

—¿Aprecia a su cuñada?

—Sí. Nadine es distinta. Siempre es buena; pero es muy desgraciada.

—¿Por su hermano?

—Sí.

—¿Hace mucho tiempo que están casados?

—Cuatro años.

—¿Y siempre han vivido en la casa?

—Sí.

—¿Le gusta eso a su cuñada?

—No.

Hubo una pausa. Luego Carol explicó:

—Hace cuatro años hubo un gran escándalo. En casa ninguno de nosotros sale para nada. Paseamos por los jardines; pero nada más. Sin embargo, Lennox salía de noche. Iba a bailar a Fountain Springs. Al enterarse mamá se enfureció terriblemente. Entonces pidió a Nadine que fuese a vivir con nosotros. Nadine era prima lejana de papá. Era muy pobre y estudiaba para enfermera. Estuvo con nosotros un mes. No puede imaginarse lo que nos alegraba tener a alguien de fuera con nosotros. Ella y Lennox se enamoraron y mamá dijo que era mejor que se casaran en seguida y viviesen con nosotros.

—¿Consintió Nadine?

Carol vaciló.

—No creo que deseara tomar semejante decisión; pero en realidad no le importaba demasiado el quedarse. Más tarde deseó escapar de allí, con Lennox...

—Pero no se fueron.

—No. Mamá no quiso ni oír hablar de ello.

Carol hizo una pausa y luego prosiguió:

—No creo que sienta ya ningún cariño por Nadine. Nadine es... extraña. Nunca se sabe lo que piensa. Trata de ayudar a Jinny y mamá no quiere.

—Jinny debe de ser su hermana menor, ¿no?

—Sí. Su verdadero nombre es Ginevra.

—¿También ella es desgraciada?

Carol movió dubitativamente la cabeza.

—Últimamente Jinny se ha portado de una forma muy rara. Siempre ha estado un poco delicada. Mamá la cuida demasiado y eso empeora las cosas. A veces, Jinny me asusta. No siempre sabe lo que hace.

—¿Ha sido visitada por algún médico?

—No. Nadine lo propuso; pero mamá no quiso permitirlo y además Jinny se puso muy nerviosa chillando que no quería que la visitaran.

De pronto Carol se puso en pie.

—No quiero entretenerla más. Ha sido usted muy amable dejándome que le hablase de todo esto. Debe de considerarnos una familia muy extraña.

—Todo el mundo es extraño —replicó Sarah—. Vuelva otra noche. Y si quiere traiga a su hermano.

—¿Me lo permite?

—Sí. Hablaremos y haremos planes. Me gustaría que conociera usted a un amigo mío. El doctor Gerard. Un francés muy amable.

La sangre afluyó a las mejillas de Carol.

—¡Qué agradable! —exclamó—. Si al menos mamá no se enterara.

—¿Por qué ha de enterarse? ¿Qué le parece si nos reuniéramos mañana por la noche a la misma hora?

—¡Oh, sí! Pasado mañana ya está dispuesto que nos marcharemos.

—Entonces fijemos la entrevista para mañana. Buenas noches.

—Buenas noches y muchas gracias.

Carol salió del cuarto y deslizóse silenciosamente por el pasillo. Su habitación estaba en el piso superior.

Llegó a ella, abrió la puerta y quedó inmóvil en el umbral.

Mistress Boynton estaba sentada en un sillón, junto a la chimenea. Vestía una bata roja.

Un ligero grito escapóse de la garganta de Carol Boynton.

—¡Oh!

Unos ojos negros la contemplaron duramente.

—¿Dónde has estado, Carol?

—Yo…

—¿Dónde has estado?

Era la voz de tono amenazador que tanto asustaba a Carol.

—Fui a ver a miss King.

—¿La joven que habló la otra noche con Raymond?

—Sí, mamá.

—¿Piensas volverla a ver?

Carol movió los labios sin que de ellos brotara ni una sola palabra. Al fin asintió con la cabeza. La dominaba un terror de pánico.

—¿Cuándo?

—Mañana por la noche.

—No irás. ¿Comprendes?

—Sí, mamá.

—¿Lo prometes?

—Sí, sí...

Mistress Boynton se incorporó trabajosamente. Maquinalmente, Carol fue a ayudarla. La anciana cruzó lentamente la habitación, apoyándose en el bastón. Al llegar a la puerta se detuvo y volvióse hacia la muchacha.

—No tienes nada más que ver con la señorita King. ¿Comprendes?

—Sí, mamá.

—Repítelo.

—No tengo nada más que ver con miss King.

—Bien.

Mistress Boynton salió del cuarto, cerrando la puerta.

Carol cruzó la habitación. Sentíase enferma, irreal. Se desplomó sobre la mesa y lloró convulsivamente.

Sentíase como si hubiera visto ante ella un hermoso panorama de sol, flores y árboles...

Ahora los negros muros habíanse cerrado una vez más a su alrededor.

Capítulo VIII

—¿Puedo hablarle un momento?

Nadine Boynton volvióse muy sorprendida, encontrándose frente a una desconocida joven de bronceadas facciones.

—Desde luego...

Pero mientras hablaba dirigió una inquieta mirada hacia atrás.

—Me llamo Sarah King —continuó la desconocida.

—¡Ah!

—Mistress Boynton, voy a decirle algo que le parecerá muy extraño. La otra noche hablé bastante rato con su cuñada.

Una sombra alteró la serenidad del rostro de Nadine Boynton.

—¿Habló con Ginevra?

—No, hablé con Carol.

La sombra se alejó.

—¡Oh... Carol!

Nadine Boynton pareció complacida; pero no extrañada.

—¿Cómo lo consiguió?

—Acudió a mi habitación.

Las finas cejas de Nadine arqueáronse perceptiblemente.

—Le parecerá extraño, ¿no? —inquirió Sarah.

—No. Me alegra. Es muy agradable para Carol tener una amiga con quien hablar.

—Nos hicimos muy amigas. —Sarah procuró elegir cuidadosamente las palabras—. Incluso convinimos reunirnos de nuevo a la noche siguiente.

—¿De veras?

—Pero Carol no acudió.

—¿No?

Nadine hablaba fríamente. Ni su rostro ni el tono de su voz descubrían nada a Sarah.

—No. Ayer me crucé con ella en el vestíbulo, le hablé, pero no quiso contestarme. Me miró; pero se fue sin decir nada.

—Comprendo.

Hubo una pausa. A Sarah le resultaba difícil seguir hablando. Nadine Boynton agregó:

—Lo siento. Carol es… muy nerviosa.

De nuevo otra pausa. Sarah hizo acopio de valor.

—Mistress Boynton, estoy a punto de comenzar a ejercer mi carrera de médica. Creo que sería bueno para su… cuñada que no se encerrase lejos de las personas.

Nadine Boynton miró pensativa a Sarah.

—¿Es usted médica? Eso cambia las cosas.

—¿Comprende lo que quiero decir?

Nadine inclinó la cabeza. Continuaba pensativa.

—Tiene usted razón, desde luego —dijo al cabo de un par de minutos—. Pero existen grandes dificultades. Mi suegra está enferma y siente lo que podríamos llamar repugnancia casi morbosa por todos los extraños que intentan introducirse en el círculo familiar.

—¡Pero Carol es ya una mujer! —protestó Sarah.

Nadine Boynton movió la cabeza.

—En cuerpo, sí; pero no mentalmente. Si ha hablado con ella lo habrá observado ya. En un caso de apuro se porta siempre como una niña.

—¿Cree que ocurrió eso? ¿Que se sintió asustada?

—Sospecho, miss King, que mi suegra insistió en que Carol no volviera a hablar con usted.

—¿Y Carol accedió?

—¿Cree que es capaz de hacer otra cosa? —preguntó Nadine.

Las dos mujeres se miraron. Sarah tuvo la impresión de que tras la máscara de las palabras convencionales las dos se comprendían. Nadine se daba cuenta de la situación; pero no estaba dispuesta a discutir con ella.

Sarah sintióse desanimada. La otra noche creyóse a punto de ganar la batalla. Pensaba imbuir en Carol el espíritu de rebelión. Sí, y también en Raymond. Aunque honradamente, ¿no había pensado, sobre todo, en Raymond? Y ahora en el primer asalto del combate había sido ignominiosamente derrotada por aquella masa de carne con ojos diabólicos. Carol capituló sin lucha.

Mirando a Nadine pensó: «Esta mujer comprende mucho mejor que yo lo inútil de la lucha. Ha vivido con ella».

Las puertas del ascensor se abrieron. Salió la anciana mistress Boynton. Apoyábase en un bastón y en Raymond.

Sarah sobresaltóse ligeramente. Vio que la mirada de la vieja iba de ella a Nadine. Estaba preparada para hallar incluso odio en los ojos de ella. Lo que no esperaba era hallar una alegría triunfal y maliciosa.

Sarah volvióse y Nadine se reunió con su suegra y su cuñado.

—Hola, Nadine —saludó mistress Boynton—. Me sentaré a descansar un rato antes de que salgamos.

La acomodaron en un sillón de alto respaldo. Nadine sentóse junto a su suegra.

—¿Con quién hablabas, Nadine?

—Con miss King.

—¡Ah, sí! La muchacha que la otra noche habló con Raymond. ¿Por qué no vas a hablar con ella, Ray? Está en la mesa escritorio.

Al mirar a Raymond, la boca de la anciana distendióse en una maligna sonrisa. El joven enrojeció. Volviendo la cabeza murmuró algo ininteligible.

—¿Qué dices, hijo?

—Que no quiero hablar con ella.

—No, claro. No quieres hablarle. No podrías hacerlo por mucho que lo desearas. Me divierte mucho este viaje. No quisiera habérmelo perdido por nada —dijo variando de tema.

—¿No? —preguntó inexpresivamente Nadine.

—Ray.

—¿Qué mamá?

—Tráeme una hoja de papel de escribir… de la mesa escritorio.

Raymond se alejó, obedientemente. Nadine levantó la cabeza. No miró a su cuñado, sino a su suegra. Mistress Boynton se inclinaba hacia delante, con las aletas de la nariz dilatadas por el placer. Ray pasó junto a Sarah. Ésta levantó la cabeza, con la esperanza reflejada en los ojos; pero la ilusión murió cuando el joven pasó junto a ella, tomó una hoja de papel y regresó junto a su madrastra.

Cuando llegó al lado de las dos mujeres tenía la frente perlada de sudor.

Mistress Boynton murmuró suavemente:

—¡Ah!

Luego vio la mirada de Nadine fija en ella. Algo en sus ojos le provocó una súbita rabia.

—¿Dónde se halla esta mañana míster Cope? —le preguntó.

Nadine bajó los párpados.

46

—No sé. No lo he visto.

—Me es muy simpático —siguió la anciana—. Quiero verle muy a menudo. ¿No te gusta?

—Sí —replicó Nadine—. También a mí me es muy simpático.

—¿Qué le ocurre ahora a Lennox? Está muy apagado, muy inquieto. ¿Sucede algo entre vosotros?

—No. ¿Por qué tendría que suceder?

—No sé. Los matrimonios no siempre se llevan bien. Quizás hubierais sido más felices viviendo en vuestra propia casa.

Nadine no replicó.

—¿Qué contestas? ¿No te gusta la idea?

Sonriendo y moviendo negativamente la cabeza, Nadine replicó:

—No creo que le gustara a usted, mamá.

Mistress Boynton parpadeó. Aguda y venenosamente dijo:

—Siempre has sido mi enemiga, Nadine.

—Lamento que usted crea eso.

La mano de la anciana cerróse sobre el puño del bastón. Su rostro enrojeció unos grados más.

—He olvidado mis gotas. ¿Quieres hacerme el favor de ir a buscarlas? —preguntó con distinta tonalidad de voz.

—Claro.

Nadine se levantó y cruzó el vestíbulo, hacia los ascensores. Mistress Boynton la siguió con la mirada. Raymond permanecía sentado con el abatimiento reflejado en su semblante.

Nadine subió al piso en que estaban las habitaciones de la familia. Entró en su cuarto. Lennox se hallaba sentado junto a la ventana. Tenía un libro en las manos; pero no leía. Cuando entró Nadine el joven se levantó.

—Hola, Nadine.

—He venido a buscar las gotas de mamá. Se las olvidó.

Entró en el dormitorio de su suegra. De una botella que tomó de un estante del lavabo contó un número de gotas en un vasito, acabando de llenarlo de agua. Al cruzar de nuevo el salón se detuvo.

—Lennox.

Pasaron unos instantes antes de que su marido le contestara. Fue como si el mensaje tuviera que recorrer una larga distancia.

—Perdona… ¿Qué dices? —preguntó al fin.

Nadine Boynton dejó cuidadosamente el vaso sobre la mesa y después fue a inclinarse sobre su marido.

—Lennox, mira el sol… contempla la vida. Es hermosa. Podríamos disfrutar de ella plenamente, sin necesidad de contemplarla desde la ventana.

Hubo una pausa.

—Lo siento —murmuró al fin Lennox—. ¿Quieres salir?

—¡Sí! —replicó vivamente la mujer—. Quiero salir *contigo*, al sol y a la vida… a vivirla nosotros dos juntos.

Lennox hundióse en su sillón. Su mirada era inquieta, de animal acosado.

—Por favor, Nadine… ¿Por qué insistes otra vez en eso?

—He de insistir. Huyamos de aquí y vivamos en otro sitio como nosotros deseamos.

—¿Cómo vamos a hacerlo? No tenemos dinero.

—Podemos ganarlo.

—¿Cómo? ¿Qué podría yo hacer? No tengo ninguna carrera. Hoy, miles de hombres más capacitados que yo están sin trabajo. No podríamos vivir.

—Yo ganaría para los dos.

—¡Por Dios, querida! Pero si ni siquiera has terminado tu carrera. Es imposible…

—Lo imposible es seguir como hasta ahora.

—No sabes lo que dices. Mamá es buena con nosotros. Nos da todos los lujos.

—Menos el de la libertad. Lennox, haz un esfuerzo. Acompáñame.

—¡Estás loca, Nadine!

—No, estoy completamente cuerda. Quiero que vivamos nuestra vida, tú y yo, a la luz del sol, no encerrados a la sombra de una vieja tirana que se complace haciéndonos desgraciados.

—Quizá mamá sea un poco autócrata…

—Tu madre está loca.

Con débil acento, Lennox replicó:

—Tiene muy buen cerebro para los negocios…

—Quizá.

—Debes comprender, Nadine, que no vivirá mucho tiempo. Está envejeciendo y su salud es muy mala. A su muerte, la fortuna de mi padre se repartirá en partes iguales entre todos. Recuerda que ella misma nos leyó el testamento.

—Cuando muera —murmuró Nadine—. Quizá sea demasiado tarde.

—¿Para qué?

—Para la felicidad.

Lennox estremecióse. Nadine se acercó más a él. Apoyó una mano en su hombro.

—Lennox, yo te amo —dijo—. Se trata de una lucha entre tu madre y yo. ¿Vas a ponerte de su parte o de la mía?

—De la tuya.

—Entonces, haz lo que te digo.

—Es imposible.

—No, no lo es. Piensa, Lennox, que podemos tener hijos…

—Mamá lo quiere. Lo ha dicho muchas veces.

—Ya lo sé. Pero yo no traeré hijos al mundo para que vivan en el mismo ambiente en que te has educado. Tu madre podrá tener influencias sobre ti; pero no sobre mí.

Lennox murmuró:

—A veces la haces enfadar, Nadine; eso no es prudente.

—Se enfada porque se da cuenta de que no puede influir en mí ni dictar mis pensamientos.

—Ya sé que eres siempre cortés y amable con ella. Eres maravillosa. Eres demasiado buena para mí. Siempre lo has sido. Cuando consentiste en casarte conmigo fue como un sueño increíble.

Con voz lenta, pero visiblemente alterada, Nadine replicó:

—Cometí un error al casarme contigo.

—Sí… lo cometiste —musitó Lennox.

—No me entiendes. El error lo cometí al no marcharme y pedirte luego que me siguieras. Entonces lo hubieras hecho. Estoy casi segura… No fui lo bastante lista para comprender lo que deseaba tu madre.

Calló un momento y prosiguió luego:

—¿Te niegas a acompañarme? Bien, no te puedo obligar. Pero yo soy libre y puedo huir. Y creo que huiré.

Lennox la miró incrédulamente. Por primera vez su réplica fue rápida, como si la corriente de sus pensamientos se hubiera visto acelerada.

—¡No puedes hacer eso! —exclamó—. Mamá no querría ni oírlo.

—No podría detenerme.

—No tienes dinero.

—Lo puedo ganar, robarlo o pedirlo prestado. Comprende, Lennox, tu madre no tiene poder sobre mí. Puedo irme o quedarme a mi voluntad. Empiezo a creer que ya he aguantado demasiado tiempo esta vida.

—¡Por favor, Nadine, no me dejes!

Hablaba como un niño. Nadine volvió la cabeza para que su marido no descubriera el súbito dolor que reflejaban sus ojos. Luego, arrodillándose junto a él, le pidió:

—Ven conmigo. Puedes hacerlo… si quieres.

Lennox retrocedió.

—No puedo… Te aseguro que no puedo. No tengo valor para hacerlo.

Capítulo IX

El doctor Gerard entró en la oficina de los señores Castle, agentes de turismo, y encontró a Sarah King frente al mostrador.

La joven le miró.

—Buenos días. Estoy preparando mi viaje a Petra. Me han dicho que usted también va.

—Sí, he podido arreglarlo.

—¡Cuánto me alegro!

—¿Seremos muchos?

—Otras dos mujeres, usted y yo.

—Será delicioso —declaró Gerard con una inclinación. Luego, a su vez, arregló sus asuntos.

Cuando salieron acercóse a Sarah y preguntó:

—¿Qué hay de nuestros amigos los Boynton? He estado haciendo una visita a Nazaret y Belén, una gira de tres días.

Lentamente, casi de mala gana, Sarah explicó sus fracasos en la lucha por establecer alguna relación.

—He fracasado —dijo—. Y hoy se marchan.

—No lo sabía.

—Tengo la impresión de haberme portado como una idiota.

—¿En qué sentido?

—Al entrometerme en los asuntos de los demás.

Gerard se encogió de hombros.

—Eso es cuestión de opiniones.

—¿Se refiere a lo de meterse en los asuntos ajenos?

—Sí.

—¿Lo hace usted?

El francés parecía divertido.

—En realidad no suelo preocuparme por las cosas de los demás.

—Entonces cree que he hecho mal.

—No, no me entiende. —Gerard hablaba rápida y enérgicamente—. La intromisión en los asuntos ajenos puede hacer un gran bien o un gran mal. No se puede establecer ninguna regla. Hay gente que posee un verdadero genio para entrometerse. Lo hace bien. Otros lo hacen mal y sería mejor que no lo hicieran.

—Entonces, ¿no piensa hacer nada con los Boynton?

—No. Me sería imposible triunfar.

—¿Y yo?

—Usted posee el atractivo de su juventud y de su sexo.

—¿Mi sexo? ¡Oh!

—Siempre hay que terminar teniendo en cuenta eso. Ha fracasado con la muchacha. Eso no quiere decir que fracasara también con el hermano. Lo que me acaba de contar de esa familia demuestra cuál es la amenaza a la autocracia de mistress Boynton. Lennox, el hijo mayor, la desafió con toda la fuerza de su hombría. Fue a bailes, salió de casa. El deseo de una compañera era más fuerte que el hechizo hipnótico. Pero la vieja se dio cuenta del poder del sexo. Sin duda lo ha comprobado más de una vez en su carrera. Reaccionó muy astutamente. Llevó a la casa a una mujer muy hermosa, pero pobre, y animó el matrimonio. De esa forma adquirió otra esclava.

Sarah movió la cabeza.

—No estoy segura de que Nadine Boynton sea una esclava.

—Quizá no —admitió Gerard—. Seguramente por ser una muchacha tranquila, apacible, mistress Boynton juzgó equivocadamente su voluntad y carácter. Nadine Boynton era demasiado joven e inexperta para darse cuenta enseguida de su verdadera posición... Ahora ya lo ve; pero es demasiado tarde.

—¿Cree que ha abandonado la esperanza?

Gerard movió vacilante la cabeza.

—Si tiene algún proyecto nadie lo sabría. Tal vez en Cope existe alguna posibilidad. El hombre es, de por sí, un animal celoso. Los celos son una fuerza muy grande. Lennox Boynton podría ser aún arrancado a la inercia en que se está hundiendo.

Con acento de forzada indiferencia, Sarah preguntó:

—¿Cree que existe alguna posibilidad en lo que respecta a Raymond?

—Sí.

Sarah suspiró.

—Quizá debiera haber probado... En fin, ya es demasiado tarde. Y no me gusta la idea.

Gerard pareció divertido.

—Porque es usted inglesa. Los ingleses creen que todo lo referente al sexo es muy desagradable y grosero.

La protesta de Sarah le dejó indiferente.

—Sí, ya sé que ustedes hablan en público empleando palabras muy desagradables. Sin embargo, tienen las mismas características raciales que su madre y su abuela. Usted es la misma ruborosa señora inglesa, aunque ya no se sonroje.

—¡Eso son tonterías!

Guiñando un ojo, y sin turbarse lo más mínimo, el doctor Gerard continuó:

—Eso la hace a usted muy atractiva.

Esta vez Sarah no supo qué responder.

Gerard se apresuró a quitarse el sombrero.

—Me marcho antes de que pueda empezar a decir todo lo que piensa —dijo.

Marchó hacía el hotel. Sarah le siguió más lentamente.

A la puerta se veía una gran actividad. Varios coches cargados de equipajes se disponían a alejarse. Lennox, Nadine y míster Cope se hallaban junto a un gran coche. Un grueso guía estaba hablando con Carol.

Sarah pasó junto a ellos y entró en el hotel. Mistress Boynton, envuelta en un grueso abrigo, estaba sentada en un sillón, esperando el momento de salir.

Al mirarla, Sarah sintió una violenta repugnancia. Aquella mujer le resultaba una figura siniestra, una encarnación del mal.

Sin embargo, de pronto, vio a la mujer como una patética y derrotada figura. ¡Haber nacido con semejante ansia de poder, deseo de dominio, y terminar convertida en una tirana doméstica! ¡Si sus hijos la vieran tal como la veía en aquellos momentos Sarah, o sea convertida en un objeto digno de compasión, en una maligna vieja…!

Impulsivamente, Sarah fue hacia ella.

—Adiós, mistress Boynton —dijo—. Le deseo un buen viaje.

La anciana la miró con rabia contenida.

—Ha procurado usted portarse muy groseramente conmigo —continuó Sarah.

(¿Estaba loca?, se preguntó. ¿Qué fuerza la impulsaba a hablar de aquella manera?)

—Ha procurado evitar que su hijo y su hija hicieran amistad conmigo. ¿No cree que eso es estúpido e infantil? Le gusta hacerse pasar por un ogro; pero en realidad es usted una infeliz. En su lugar, yo dejaría esos juegos estúpidos. Supongo que me odiará por decirle esto; pero lo pienso y creo que le hará algún bien el saberlo. Piense que aún está a tiempo de rectificar y que vale mucho más ser querida que odiada.

Hubo una pausa.

Mistress Boynton estaba inmóvil. Al fin se humedeció los labios y abrió la boca. Pero transcurrieron varios segundos antes de que las palabras brotaran de sus labios.

—Hable —instó Sarah—. No me importa lo que me diga; pero no olvide ningún detalle de lo que le he dicho.

Al fin las palabras salieron lentas, roncas, pero claramente perceptibles. Los ojos de basilisco de la anciana miraban no a Sarah, sino por encima de su hombro, como si no se dirigiese a la joven, sino a algún espíritu familiar.

—*Yo nunca olvido* —dijo—. *Recuérdelo. Nunca he olvidado nada. Ni una acción, ni un nombre, ni un rostro...*

No había nada en las palabras en sí; pero el veneno con que fueron pronunciadas hizo retroceder un paso a Sarah, quien se encogió de hombros.

—¡Pobre mujer! —murmuró.

Dio media vuelta. Al dirigirse hacia el ascensor tropezó con Raymond Boynton. Impulsivamente dijo:

—Adiós. Espero que se divierta. Quizás algún día volvamos a encontrarnos.

Dirigiendo al joven una amable sonrisa, Sarah continuó su camino.

Raymond quedó como transformado en piedra. Estaba tan perdido en sus pensamientos que el hombrecillo de negro bigote que trataba de salir del ascensor tuvo que repetir varias veces:

—*Pardon.*

Al fin Raymond le oyó y se hizo a un lado.

—Perdone —se excusó—. Estaba distraído.

Carol fue hacia él.

—Ray, ve a buscar a Jinny. Subió a su habitación. Estamos a punto de salir.

—Bien. Le diré que baje en seguida.

Raymond entró en el ascensor.

Hércules Poirot le siguió con la mirada. Tenía las cejas arqueadas, la cabeza ladeada, como si escuchara.

Al fin movió la cabeza, y atravesando el vestíbulo miró atentamente a Carol, que se había reunido con su madre.

Luego llamó al jefe de comedor, que pasaba por allí.

—*Pardon.* ¿Puede decirme quiénes son esos clientes?

—Son la familia Boynton, señor. Son estadounidenses.

—Muchas gracias —replicó Hércules Poirot.

En el tercer piso, el doctor Gerard, que se dirigía a su habitación, cruzóse con Ginevra y Raymond que iban hacia el ascensor. En el momento en que iban a entrar, Ginevra pidió:

—Un momento, Ray; aguárdame en el ascensor.

Dio media vuelta y corrió por el pasillo. Al doblar un recodo alcanzó al médico.

—Perdone… Quisiera hablarle.

El doctor Gerard la miró asombrado.

La joven se acercó más a él y le cogió del brazo.

—Me llevan. Quizá piensen matarme… Yo no pertenezco a ellos. Mi nombre es Boynton… —Apresuradamente agregó—: Le confiaré mi secreto. Soy… soy de la familia real. Soy la heredera de un trono. Por eso siempre tengo enemigos a mi alrededor. Han intentado envenenarme varias veces. Si usted pudiese ayudarme a huir…

La joven se interrumpió. Se oyeron claramente unos pasos.

—¡Jinny!

Con bello gesto de sobresalto, la muchacha se llevó un dedo a los labios, dirigió una mirada suplicante a Gerard y dio media vuelta.

—¡Ya voy, Ray!

El doctor Gerard se alejó con las cejas muy arqueadas. Lentamente frunció el ceño y movió la cabeza.

Capítulo X

Fue la mañana de la partida hacia Petra.

Sarah salió del hotel, encontrándose frente a la puerta con una mujer de nariz respingona, a quien ya había visto antes en el hotel, y que se hallaba protestando del tamaño del coche.

—¡Es demasiado pequeño! ¿Cuatro pasajeros? ¿Y un guía? Entonces necesitamos un coche mayor. Tenga la bondad de llevárselo y traer uno adecuado.

En vano intentó el representante de los señores Castle elevar su voz para explicarse. Aquél era el coche que se solía utilizar para los viajes. Era muy cómodo. Un coche mayor no servía para viajar por el desierto.

La fornida mujer le arrolló como una apisonadora con sus palabras.

Por último volvióse hacia Sarah.

—¿Es usted miss King? Soy lady Westholme. ¿No opina usted, como yo, que ese coche no nos sirve?

—Creo que uno más grande sería más cómodo —replicó Sarah.

—El precio ha sido fijado —replicó lady Westholme—. No aceptaré ningún aumento. El prospecto de su agencia afirma que el viaje se hará en un coche muy cómodo. Ustedes deben cumplir lo que prometen.

Reconociéndose vencido, el joven de la agencia Castle murmuró algo acerca de ver si podía arreglarlo y se retiró del lugar.

Lady Westholme volvióse hacia Sarah y la miró triunfalmente; las aletas de su nariz se dilataron exultantes.

Lady Westholme era una inglesa muy conocida en el mundo político inglés. Cuando lord Westholme, par de mediana edad y simple inteligencia, cuyo único interés en la vida era cazar y pescar, regresaba de los Estados Unidos, uno de sus compañeros de viaje era mistress Wansittart. Poco después dicha señora se convertía en lady Westholme. Aquel matrimonio se citaba como uno de los peligros de viajar por mar. La nueva lady Westholme vivía siempre vestida de tweed, calzada con fuertes zapatones, seguida de perros y molestando a los habitantes del pueblo, obligando, implacable, a su marido, a que se ocupara de la vida pública. Por fin, al darse cuenta de que en la política lord Westholme nunca iría lejos, le permitió, graciosamente, que volviera a sus deportes, ocupando ella su lugar en el parlamento. Elegida por una inmensa mayoría, lady Westholme lanzóse con vigor a la vida política. Pronto comenzaron a aparecer caricaturas de ella, lo cual era una señal de éxito. Como figura pública apoyaba los viejos valores de la vida familiar, era entusiasta defensora de la Sociedad de Naciones, tenía ideas muy claras en lo referente a la agricultura, al hogar y contra los barrios bajos. Era muy respetada y casi universalmente odiada. Se daba como seguro que, cuando su partido volviera al poder, se le concedería una subsecretaría, aunque de momento no era previsible que los liberales volviesen a gobernar.

Cuando el coche se hubo alejado, lady Westholme lo miró con fiera satisfacción.

—Los hombres siempre se creen capaces de imponerse a las mujeres —dijo.

Sarah pensó que tendría que ser muy valiente el hombre que se creyera capaz de imponerse a lady Westholme. En aquel momento presentó al doctor Gerard, que acababa de salir del hotel.

—Su nombre me es conocido —declaró lady Westholme, estrechando la mano del francés—. Hace unos días hablé en París con el profesor Clemenceaux. Últimamente me he ocupado mucho de la cuestión de los locos pobres. ¿Quiere que entremos en el hotel mientras aguardamos otro coche?

Una mujer menuda, de mediana edad, de cabellos entrecanos, que se encontraba por allí, resultó ser miss Annabel Pierce, cuarto miembro de la expedición. También ella fue arrastrada al vestíbulo por el ala protectora de lady Westholme.

—¿Es usted una profesional, miss King?

—Acabo de recibir mi diploma de médica.

—Bien —agregó lady Westholme—. Si en el mundo se hace algo bien, las mujeres son las encargadas de lograrlo.

Luego explicó que había rechazado una invitación del alto comisario durante su estancia en Jerusalén.

—No quiero que las recepciones oficiales me impidan ver las cosas a mi gusto —dijo.

«¿Qué cosas?», se preguntó Sarah.

Lady Westholme siguió explicando que para tener más libertad se hospedaba en el hotel Salomón, a cuyo propietario había dicho unas cuantas cosas acerca de cómo se debe administrar un hotel.

—La eficiencia es mi lema —agregó.

Debía de serlo, pues un cuarto de hora más tarde llegó un coche sumamente cómodo, y después de explicar lady Westholme cómo debían colocarse los equipajes, el coche partió.

Su primera parada fue en el mar Muerto. Comieron en Jericó. Luego, mientras lady Westholme, armada de una *Baedeker*, hubo salido a recorrer el viejo Jericó en compañía de miss Pierce y del doctor, Sarah permaneció en el jardín del hotel.

Le dolía la cabeza y deseaba estar sola. Le invadía una profunda depresión, que no sabía explicarse. Se sentía inquieta y desinteresada, sin deseos de ver nada. Lamentó haberse lanzado a aquella excursión a Petra. Iba a resultarle muy cara y, además, no le gustaría. Estaba segura. Sentía odio contra la atronadora voz de lady Westholme, la vocecilla de miss Pierce y hasta contra la divertida sonrisa que le dedicaba el doctor Gerard.

Preguntóse dónde estarían los Boynton. Tal vez se hallaran en Siria, en Baalbek o en Damasco. Luego se preguntó qué estaría haciendo Raymond. Era curioso que recordara tan claramente su rostro, su ansiedad, su nerviosa tensión.

¡Qué diablos! ¿Para qué pensar en la gente a la que seguramente no volvería a ver? ¿Qué idea tuvo al abordar como lo hizo a la vieja mistress Boynton? ¿Por qué le dijo tantas tonterías? Otras personas debieron de oírlo. Creía recordar que lady Westholme estaba junto a ella cuando ocurrió el incidente. Sarah trató de recordar lo que había dicho. Una serie de absurdos. Pero no era culpa suya, sino de mistress Boynton. En aquella voluminosa mujer había algo capaz de hacer perder la paciencia a cualquiera.

El doctor Gerard entró en el jardín y dejóse caer en un sillón.

—¡Uf! ¡A esa mujer deberían envenenarla!

—¿A mistress Boynton?

—¿Eh? No. Me refiero a lady Westholme. Parece mentira que lleve tantos años casada y que su marido aún no haya tomado esa determinación. ¿De qué debe de estar hecho ese hombre?

Sarah se echó a reír.

—Es de esos que cazan y pescan —aclaró.

58

—Psicológicamente hace muy bien. Calma así sus ansias de matar descargándolas sobre los volátiles y los peces.

—Creo que está muy orgulloso de las actividades de su mujer.

El francés sugirió:

—Quizá porque le retienen mucho tiempo fuera de casa. Se comprende. —Calló un instante, preguntando luego—: ¿Qué dijo usted hace un momento? Nombró a mistress Boynton. Sin duda sería una excelente idea envenenarla. La solución más sencilla para ese problema familiar. En realidad son muchas las mujeres a quienes debería envenenarse… Todas las mujeres que se han hecho viejas y feas.

Sarah se echó a reír.

—Ustedes, los franceses, son terribles. No encuentran utilidad para las mujeres que no son jóvenes y atractivas.

Gerard se encogió de hombros.

—La única realidad es que somos más francos que los demás.

—¡Qué terrible es la vida! —exclamó Sarah suspirando.

—Usted no debe inquietarse, señorita.

—Pues hoy me siento deprimida.

—Es natural.

—¿Por qué dice que es natural?

—Podría encontrar muy fácilmente el motivo si medita honradamente sobre el asunto.

—Creo que son nuestros compañeros de viaje los que me deprimen —dijo Sarah—. Quizá resulte horrible; pero lo cierto es que odio a las mujeres. Cuando son tontas e inútiles, como miss Pierce, me indignan, y cuando son inteligentes y capaces, como lady Westholme, aún me indignan más.

—Es inevitable que esas dos personas la molesten —dijo Gerard—. Lady Westholme está hecha a medida para la vida que lleva. Triunfa en ella y por lo tanto es feliz. Miss Pierce ha trabajado durante muchos años como institutriz y profesora, y, de pronto, una inesperada herencia le ha permitido realizar su deseo de toda la vida de viajar. Hasta ahora los viajes han llenado sus esperanzas. Por lo tanto, usted, que no ha conseguido lo que deseaba, tiene que sentir antipatía por las personas que viven contentas de ellas mismas.

—Puede que tenga usted razón —replicó sombríamente Sarah—. ¡Es usted un terrible lector de los pensamientos ajenos! Estoy tratando de engañarme a mí misma y usted no me lo permite.

En aquel momento llegaron las otras dos mujeres. El guía parecía el más rendido de los tres. Estaba tan agotado, que durante el viaje hasta Amman apenas explicó nada. Ni siquiera nombró a los judíos, sobre cuyas iniquidades habíase extendido ampliamente desde Jerusalén.

Al día siguiente, los nervios de todos estaban exacerbados. Lady Westholme y el doctor Gerard sostuvieron un violento altercado acerca de la Sociedad de Naciones.

Miss Pierce dijo a Sarah:

—Es muy interesante viajar con lady Westholme.

—¿Usted cree? —replicó agriamente Sarah—. ¿Por qué?

—Porque es una mujer importante. Ha hecho grandes cosas. Los periódicos hablan mucho de ella.

Sarah replicó con un bufido que cortó la voz a miss Pierce, quien ya no volvió a decir nada en el resto del viaje, mientras que el doctor Gerard y lady Westholme pasaban de un tema de discusión a otro, siempre en perfecta desarmonía.

Llegaron al fin al poblado de Ain Musa, donde debía dejarse el coche. Les aguardaban unos caballos delgados y tristes. Lo inadecuado de su traje molestó mucho a miss Pierce. En cambio, lady Westholme llevaba pantalones de montar, que si no embellecían precisamente su tipo, eran en cambio muy prácticos.

Para Sarah el viaje a caballo fue como un sueño. El sendero que seguían iba en acentuado descenso. Tenía la impresión de descender al Valle de la Muerte. Este pensamiento se repitió varias veces en su cerebro. ¡El Valle de la Muerte! ¡El Valle de la Muerte!

Se hizo de noche. Los guías encendieron linternas y, de pronto, al llegar a un espacio más amplio, al fondo del valle, vieron numerosas luces.

—¡Es un campamento! —anunció el guía.

Los caballos aceleraron el paso. No mucho, porque estaban hambrientos y abatidos para hacerlo. Sin embargo, demostraron un levísimo entusiasmo.

Apareció un agrupamiento de tiendas de campaña. También se veían cuevas abiertas en la roca.

Unos beduinos acudieron a su encuentro.

Sarah miró hacia una de las cuevas. Contenía una figura sentada. ¿Qué era? ¿Un ídolo? ¿Una gigantesca imagen?

No; eran las luces las que la hacían parecer tan grande. Quizás alguna deidad protectora del lugar.

De pronto, a Sarah le dio un salto el corazón al reconocer a la figura.

En aquel valle, cobijada en una cueva, como una sacerdotisa de un culto diabólico, se hallaba mistress Boynton.

Capítulo XI

—¡Mistress Boynton estaba en Petra!

Sarah contestó maquinalmente a las preguntas que le hacían. ¿Querría cenar en seguida? La cena estaba servida. ¿Prefería lavarse antes? ¿Quería dormir en una tienda o en una cueva?

Su respuesta fue inmediata. ¡En una tienda! La idea de una cueva la hizo estremecer, recordando la visión de aquella monstruosa figura.

Al fin siguió a uno de los criados indígenas. Era un hombre miserablemente vestido. Sarah pensó en los salvajes. Entre ellos mistress Boynton no hubiera durado mucho. Seguramente la habrían matado y se la hubieran comido, años antes.

Después de lavarse con agua caliente y empolvarse la cara, volvió a sentirse fuerte y serena y avergonzada de su reciente pánico. Pasó el peine por su negro y abundante cabello, mirándose en el mal espejo, alumbrada por un quinqué de petróleo.

Salió de la tienda y se dispuso a bajar al campamento.

—¿Usted aquí?

Fue una pregunta llena de incredulidad.

Sarah volvióse, encontrándose ante Raymond Boynton, en cuyos ojos se reflejaba algo parecido a la alegría, como si estuviera delante una visión del Paraíso. Jamás, en toda su vida, podría Sarah olvidar aquella mirada.

Sencillamente, Sarah replicó:

—Sí.

Raymond se acercó más, aún incrédulo.

Luego, inesperadamente, le tomó la mano.

—Es usted —dijo—. Es real. De momento creí que era un fantasma, pues he estado pensando mucho en usted. —Calló un momento, y agregó luego—: La amo, ¿sabe? La amé desde el momento en que la vi en el tren. Ahora me doy cuenta. Yo quiero que sepa que no soy verdaderamente yo cuando me porto tan estúpidamente. Ni ahora mismo sé lo que haré cuando volvamos a encontrarnos. Quizá pase de largo junto a usted; pero si lo hago será porque mis nervios estarán dominados por ella. Me obliga a hacer cosas que yo no quiero. ¿Me comprende? Despécieme, si quiere…

Sarah le interrumpió con voz inesperadamente dulce:

—No le desprecio.

—De todas formas soy despreciable. Debiera portarme como un hombre…

—De ahora en adelante se portará como un hombre.

—Quizás…

—Estoy segura de que de ahora en adelante tendrá valor…

Raymond arqueó el pecho y echó hacia atrás la cabeza.

—¿Valor? Sí, eso es lo que necesito. ¡Valor!

De pronto, Raymond inclinó la cabeza y rozó con los labios la mano de Sarah. Un momento después se alejó de ella.

Capítulo XII

Sarah se reunió con sus compañeros de viaje.

Estaban sentados a la mesa, comiendo. El guía les explicó que había otro grupo de excursionistas.

—Llegaron hace dos días. Se marchan pasado mañana. Son estadounidenses. La madre es muy gruesa, le costó mucho llegar aquí. Tuvo que venir en una silla llevada por porteadores. Dicen que les costó mucho, que sudaron terriblemente.

Sarah soltó una carcajada. La cosa no dejaba de tener gracia.

El grueso guía la miró agradecido. Aquel trabajo no le resultaba nada fácil. Lady Westholme le contradijo tres veces con la *Baedeker* en la mano, y ahora protestaba de la cama que le destinaba. Menos mal que uno de los miembros del grupo parecía estar de buen humor.

—Me parece que esa gente estaba en el Salomón. Al llegar me pareció reconocer a la madre. Me parece que la vi hablar con ella, miss King.

Sarah se sonrojó culpablemente, deseando que lady Westholme no hubiera escuchado la conversación.

—No es gente interesante —siguió lady Westholme—. Provincianos.

Y se embarcó en la descripción de una serie de estadounidenses a quienes había conocido.

Como el tiempo era muy caluroso, se proyectó la reanudación de la marcha para las seis de la mañana siguiente.

Los cuatro se reunieron a la hora indicada. No se veía ni rastro de ninguno de los Boynton. Después que lady Westholme comentó desfavorablemente que no le sirvieron fruta, tomaron el té, leche condensada, huevos fritos, nadando en una buena cantidad de manteca y rodeados de tocino salado.

Luego reanudaron la marcha. Lady Westholme discutía con el doctor Gerard el valor exacto de las vitaminas en la nutrición de las clases humildes.

De pronto, oyeron una llamada desde el campamento y se detuvieron en espera de Jefferson Cope, que corría hacia ellos muy sofocado.

—Si no tienen inconveniente, preferiría ir con ustedes. Buenos días, miss King. Ha sido una sorpresa encontrar a usted y al doctor Gerard aquí. ¿Qué les parece esto?

Con un ademán señaló las fantásticas rocas rojas que se extendían por todas partes.

—Es maravilloso y hasta un poco horrible —dijo Sarah—. Siempre pensé que la ciudad rosa y roja debía de ser muy hermosa, pero la realidad es muy superior a la imaginación.

Comenzaron a escalar. Dos guías beduinos les acompañaban. Pronto empezaron las dificultades. Sarah y el doctor tenían buena cabeza para las alturas; pero míster Cope y lady Westholme no se sentían muy felices, y miss Pierce tuvo que ser llevada en brazos por los lugares más peligrosos, mientras gemía:

—Nunca he podido mirar hacia abajo desde las alturas. Nunca... desde que era niña.

En una ocasión habló de volver atrás; pero al contemplar la bajada su epidermis adquirió un tinte más verdoso, y de mala gana decidió que era preferible seguir adelante.

Cuando llegaron a la cumbre, el panorama que se ofreció a sus ojos era maravilloso. El guía les informó de que allí se celebraban, en la antigüedad, los sacrificios.

—Es maravilloso tener un sitio donde sacrificar a la gente —murmuró Sarah, dirigiéndose al doctor—. ¿No cree usted que a veces el sacrificio es necesario? La muerte no es tan importante como nosotros pretendemos.

—Si piensa usted así, miss King, no debiera haber adoptado nuestra profesión. Para nosotros la muerte ha de ser siempre una enemiga.

Sarah se estremeció.

—No obstante, a veces la muerte resuelve problemas que parecían insolubles.

Jefferson Cope acercóse a ellos.

—Este sitio es muy notable —dijo—. Me alegro de no haberlo dejado de ver. Aunque reconozco el gran valor que se necesita en el caso de mistress Boynton para venir aquí. Por lo visto no comprende que a su familia pueda gustarle sitios donde a ella le es imposible subir. Está tan acostumbrada a tenerlos a todos en torno a ella que ni debe darse cuenta...

Míster Cope se interrumpió. Su atractivo rostro expresó cierto malestar.

—He sabido algo acerca de mistress Boynton que me ha afectado mucho —dijo.

—¿De qué se trata? —preguntó el doctor Gerard.

—La persona que me lo contó fue una dama a quien conocí en el hotel de Tiberíades. Se refiere a una criada que estuvo al servicio de mistress Boynton. Esa joven iba a…

Míster Cope dirigió una mirada a Sarah, que estaba perdida en sus reflexiones, y agregó, en voz baja:

—Iba a tener un hijo. Según parece mistress Boynton lo descubrió, pero se portó muy cariñosamente con la muchacha. Luego, una semana antes de que naciera el niño, despidió de su casa a la criada.

El doctor Gerard arqueó las cejas.

—¡Ah! —murmuró pensativo.

—La persona que me lo contó estaba muy enterada. No sé si usted opinará, como yo, que se trata de un caso de crueldad enorme…

—Sin duda el incidente divirtió mucho a mistress Boynton —dijo Gerard.

Míster Cope volvió la cara con un gesto de asombro.

—No, señor —dijo enfáticamente—. Yo no puedo creerla. Tal idea es totalmente inconcebible.

—Existe el placer de la crueldad por la crueldad misma.

—Creo que exagera usted un poco, doctor Gerard.

El descenso se llevó a cabo siguiendo una cascada. Aunque había muchas piedras sueltas que representaban el peligro de una torcedura de pie, la bajada no era peligrosa.

El grupo llegó al campamento de muy buen humor y con mucho apetito. Eran más de las dos.

Los Boynton estaban sentados ya a la mesa, en la plazuela, terminando su comida.

—Ha sido una mañana magnífica —dijo lady Westholme—. Petra es un lugar delicioso.

Carol, a quien estas palabras fueron dirigidas, volvió la cabeza hacia su madre y murmuró ensimismada:

—¡Oh, sí, sí! —y volvió a permanecer callada.

Convencida de que había cumplido con su obligación, lady Westholme volvió su atención a la comida.

Mientras comían, los cuatro fueron haciendo planes para la tarde.

—Descansaré toda la tarde —dijo miss Pierce—. Es muy importante no cansarse demasiado.

—Yo daré un paseo —declaró Sarah—. ¿Y usted, doctor?

—La acompañaré.

Mistress Boynton dejó caer una cuchara y el ruido sobresaltó a todos.

—Me parece que yo seguiré su ejemplo, miss Pierce —anunció lady Westholme—. Leeré un rato y luego dormiré una hora, poco más o menos. Quizá después dé un paseo.

Lentamente, con la ayuda de Lennox, mistress Boynton se incorporó. Permaneció inmóvil un momento y, por fin dijo, con inesperada amabilidad:

—Será mejor que esta tarde vayáis a dar un paseo.

Resultaba algo cómico ver el sobresalto de la familia.

—Pero, mamá, ¿y tú?

—No os necesito. Quiero leer. Es mejor que Jinny no vaya. Quiero que descanse.

—¡Mamá! No estoy cansada. Quiero ir con ellos.

—Estás cansada. Tienes dolor de cabeza. Debes ir con cuidado. Ve a descansar. Yo sé lo que te conviene…

—Pero…

La muchacha quiso rebelarse; pero al fin inclinó, vencida, la cabeza.

—¡Locuela! —murmuró mistress Boynton—. Ve a tu tienda.

Mistress Boynton abandonó el lugar, seguida por su familia.

—¡Qué gente tan rara! —exclamó miss Pierce—. ¡Y qué sofocada se pone la señora! Debe de estar enferma del corazón. Este calor debe de ser terrible para ella.

Sarah pensó:

«Esta tarde los dejará en libertad. Sabe que Raymond desea estar conmigo. ¿Por qué? ¿Es una trampa?».

Después de comer fue a su tienda y se puso un fresco traje de hilo. Seguía preocupada por lo ocurrido. Desde la noche anterior sus sentimientos hacia Raymond habíanse convertido en una protectora pasión. Era amor, lo comprendía perfectamente. Deseaba proteger a la encadenada víctima. Eran san Jorge y el dragón; pero al revés.

Ella era la salvadora, Raymond la víctima encadenada y mistress Boynton el dragón. Un dragón cuya súbita amabilidad le resultaba a Sarah muy sospechosa y siniestra.

Eran las tres y cuarto cuando Sarah abandonó su tienda. Lady Westholme estaba sentada en un sillón. A pesar del calor continuaba vistiendo la práctica falda de tweed. En el regazo tenía el informe de una comisión real. El doctor Gerard hablaba con miss

Pierce, que estaba junto a su tienda con un libro titulado: *Ansia de amor*, novela de amor pasional y de incomprensión.

—No es bueno acostarse enseguida después de comer —explicaba miss Pierce—. Es malo para la digestión. Aquí se está muy fresco. ¿Cree que hace bien esa anciana permaneciendo al sol?

Como la noche anterior, mistress Boynton permanecía sentada, como monstruoso Buda, a la puerta de su cueva. No se veía a otro ser viviente. Todo el personal del campamento estaba durmiendo. A poca distancia se veía un grupo de personas que caminaban juntas.

—Por una vez, la buena mamá permite a sus hijitos que se distraigan sin ella —dijo Gerard—. Alguna nueva diablura por su parte.

—Eso mismo he pensado —dijo Sarah.

—Es usted muy suspicaz. Vamos, reunámonos con los presos libres.

Dejando a miss Pierce entregada a su apasionada lectura, marcharon hacia donde estaban los Boynton, alcanzándolos en un recodo del valle. Por una vez, los Boynton parecían alegres y despreocupados.

Lennox y Nadine, Carol y Raymond, míster Cope y los recién llegados no tardaron en charlar y reír alegremente.

Una súbita y nerviosa alegría habíase apoderado de todos. Se daban cuenta de que estaban viviendo unas horas de robado placer. Sarah y Raymond no se apartaron de los otros. Por el contrario, Sarah iba con Carol y Lennox, el doctor Gerard hablaba con Raymond, y Nadine y Jefferson Cope cerraban la marcha.

De pronto el francés anunció:

—Les pido perdón; pero tengo que volver al campamento.

Sarah le miró.

—¿Ocurre algo? —inquirió.

—Sí. Fiebre. La he notado desde que terminamos de comer.

Sarah le examinó escrutadoramente.

—¿Malaria?

—Sí. Tomaré una dosis de quinina. No creo que sea muy grave. Un recuerdo de mi visita al Congo.

—¿Quiere que le acompañe?

—No, no es necesario. Tengo en mi tienda las medicinas.

Alejóse rápidamente en dirección al campamento.

Sarah le siguió con la mirada, luego, al volver la cabeza, vio a Raymond que le sonreía. El francés quedó relegado al olvido.

Durante un rato aún, los seis permanecieron juntos. Luego, sin saber cómo, Raymond y ella se separaron de los demás. Escalaron unas rocas y, por fin, se sentaron a la sombra.

Hubo un largo silencio. Por fin Raymond preguntó:

—¿Cómo se llama usted? Su apellido es King, pero ¿y el nombre?

—Sarah.

—¿Puedo llamarla así?

—Desde luego.

—Sarah, cuénteme algo de usted.

Recostándose en la roca, Sarah le habló de su vida en Yorkshire, de sus perros y de la tía que la crió.

Luego, a su vez, Raymond le contó algo de su vida.

Después de eso hubo un largo silencio. Tenían las manos unidas. Sentíanse extrañamente felices.

Más tarde, cuando el sol comenzó a declinar, Raymond anunció:

—Volveré al campamento. No, no contigo. Quiero volver solo. Tengo algo que decir y hacer. Cuando lo haya hecho, cuando me haya demostrado a mí mismo que no soy un cobarde, entonces no me avergonzará volver a ti y pedirte que me ayudes. Seguramente tendré que pedirte dinero prestado.

Sarah sonrió.

—Me alegro de que seas un hombre práctico. Puedes confiar en mí.

—Pero antes tengo que hacer yo solo eso.

—¿El qué?

El juvenil rostro endurecióse. Raymond Boynton declaró:

—Quiero demostrar mi valor. Ahora o nunca.

Luego, bruscamente, dio media vuelta y se marchó. Sarah reclinóse contra la roca. Estaba algo inquieta por las palabras de Raymond. Éste habíase mostrado lleno de ansiedad; lamentó no haberle acompañado.

En seguida se reprendió por semejante deseo. Raymond deseó ir solo para demostrar su recién hallado valor.

Tenía derecho a hacerlo.

Sin embargo, pidió con toda su alma que el valor no le fallase.

El sol se ocultaba cuando Sarah volvió al campamento. Al acercarse descubrió a mistress Boynton sentada a la puerta de su cueva. Sarah estremecióse ante la visión de aquella inmóvil figura.

Llegó al iluminado cobertizo. Lady Westholme estaba haciendo punto, miss Pierce bordaba unos azulados y anémicos nomeolvides en un mantel, a la vez que era informada debidamente de cómo debería reformarse la ley del divorcio.

Los criados comenzaron a preparar la cena. Los Boynton estaban sentados al extremo del cobertizo, en sillones de lona, leyendo. El guía se presentó. Reprochó amargamente que por haberse marchado todos no pudo llevarse a cabo la excursión dispuesta para después del té.

Sarah se apresuró a decir que se habían divertido mucho.

Cuando se dirigía a su tienda para lavarse se detuvo a la entrada de la tienda del doctor Gerard, llamando en voz baja:

—¡Doctor!

No recibió respuesta. Levantó la tela que servía de puerta. El francés estaba tendido en su cama. Sarah retiróse sin hacer ruido, con la esperanza de que estuviese dormido.

Un criado acercóse, señalando el cobertizo. Sin duda la cena estaba preparada. Sarah volvió al lugar. Todos estaban allí excepto el doctor Gerard y mistress Boynton. Se encargó a uno de los servidores que fuese a anunciar a la anciana que la cena estaba servida.

De pronto oyéronse voces. Dos asustados beduinos acudieron junto al guía, hablándole en árabe.

Mahmoud dirigió una inquieta mirada a su alrededor y abandonó el cobertizo. Impulsivamente, Sarah le siguió.

—¿Qué sucede? —preguntó:

—La anciana. Abdul dice que está enferma, que no puede moverse.

—Veamos.

Sarah aceleró el paso. Siguiendo a Mahmoud llegó hasta donde se encontraba la inmóvil y voluminosa figura de mistress Boynton. Tomó una de sus fláccidas manos y le buscó el pulso. Después, inquieta, inclinóse sobre ella.

Cuando se incorporó, Sarah estaba muy pálida.

Regresó al cobertizo. Antes de entrar se detuvo un momento, contemplando el grupo reunido al extremo de la mesa.

Su propia voz, al hablar, le pareció brusca y extraña.

—Lo siento mucho —dijo, esforzándose por dirigir sus palabras a Lennox, el cabeza de familia—. *Su madre ha muerto, míster Boynton.*

Y como si les viera desde muy lejos, Sarah contempló los rostros de las cinco personas para quienes ése era un anuncio de libertad.

Segunda parte

Capítulo primero

El coronel Carbury sonrió a su invitado y levantó la copa.

—Brindemos por el crimen.

Hércules Poirot sonrió, agradeciendo así el brindis.

Había ido a Amman con una carta de presentación del coronel Race para el coronel Carbury.

Éste se interesó mucho por aquella persona mundialmente famosa, cuya inteligencia le era alabada por su viejo amigo y aliado del Servicio Secreto.

Carbury no parecía, en absoluto, un militar. Era un hombre desaliñado, rechoncho, de estatura mediana y apacibles ojos azules. No parecía siquiera muy inteligente. Tampoco parecía un hombre enérgico. Sin embargo, en Transjordania era un poder.

—Dígame —siguió Carbury—, ¿no ha observado si su ocupación le sigue por el mundo?

—¿Cómo?

—Quiero decir si habiendo decidido usted tomarse unas vacaciones y alejarse del crimen, se ha encontrado con que los cadáveres surgían abundantemente a su alrededor.

—Me ha ocurrido más de una vez.

—¡Hum! —gruñó Carbury, sumiéndose en profunda abstracción.

Luego se puso en pie.

—En estos momentos tengo un cadáver que no me gusta nada.

—¿De veras?

—Sí. Está en Amman. Se trata de una vieja estadounidense. Fue a Petra, con su familia. Un viaje agotador, un calor excesivo, la anciana padecía de afecciones cardíacas. El viaje la sometió a una tensión excesiva y ¡puf!

—¿En Amman?

—No, en Petra. Hoy han traído el cadáver.

—¡Ah!

—Todo es muy natural. Perfectamente posible. No podía suceder nada más lógico. Pero...

—Pero ¿qué?

El coronel Carbury se rascó la calva.

—Tengo la sospecha de que su familia la ayudó a emprender el viaje al otro mundo.

—¿Por qué cree usted eso?

El coronel Carbury no contestó directamente a la pregunta.

—Parece ser que se trataba de una vieja muy desagradable. Nadie ha lamentado su muerte. Todos opinan que era lo mejor que podía ocurrir. Además, va a ser muy difícil probar nada si la familia se mantiene unida y se apoya mutuamente en todas las mentiras. A mí no me gustan las complicaciones. Y menos las internacionales. Lo más fácil sería dejar correr el asunto; pero yo soy un hombre muy limpio —terminó, inesperadamente.

El nudo de la corbata del coronel Carbury estaba casi debajo de su oreja izquierda; llevaba los calcetines caídos, su traje estaba lleno de manchas. Sin embargo, Hércules Poirot se sonrió. Veía la limpieza interna del coronel Carbury.

—Sí —continuó el militar—. No me gustan las cosas enredadas. Cuando me encuentro con una me gusta desenredarla. ¿Comprende?

Poirot asintió con la cabeza. Comprendía.

—¿No había ningún médico? —inquirió.

—Sí, dos. Uno de ellos enfermo de malaria. El otro es una muchacha recién graduada, pero que conoce bien su oficio. La muerte no tuvo nada de anormal. La vieja tenía enfermo el corazón. Tomaba desde hacía tiempo una medicina. El que muriese tan de repente no tiene nada de extraño.

—Entonces, ¿qué es lo que le preocupa? —preguntó Poirot cortésmente.

El coronel Carbury dirigió una inquieta mirada a su visitante.

—¿Ha oído hablar alguna vez de un francés llamado Theodore Gerard?

—Sí, un hombre muy distinguido en su especialidad.

—Pues me ha contado una serie de cosas que… Bueno, será mejor que le oiga usted a él, si es que le interesa el caso.

—Desde luego.

—Entonces le haré llamar.

Cuando el coronel hubo enviado a un ordenanza a cumplir su orden, Poirot preguntó:

—¿Por quién está formada esa familia?

—Se llama Boynton. Dos hijos varones, uno de ellos casado. Su mujer es muy atractiva e inteligente. Dos hijas, ambas muy atractivas, pero distintas. La más joven es más nerviosa... quizá por la emoción.

—¿Boynton? —Poirot arqueó las cejas—. Muy curioso... mucho.

Carbury le miró guiñando un ojo; mas como Poirot no agregó nada, siguió:

—Parece ser que la madre era insoportable. Los tenía a todos a su alrededor, y nadie se movía sin su consentimiento. También tenía los cordones de la bolsa. Ninguno de sus hijos poseía un centavo.

—¡Muy interesante! ¿Se sabe a quién va a parar su fortuna?

—Lo pregunté, como sin dar importancia a la cosa, y me contestaron que se repartirá en partes iguales para todos.

Poirot asintió con la cabeza. Después inquirió:

—Entonces, ¿usted cree que todos han obrado de acuerdo?

—No sé. Ahí está la dificultad. Quizá se trata de un plan madurado de mutuo acuerdo, o fue idea de uno solo de los familiares. No lo sé. Por eso me gustaría escuchar su opinión acerca del caso. ¡Ah! Ya llega Gerard.

Capítulo II

El francés entró con rápido mas no precipitado paso. Mientras estrechaba la mano de Carbury dirigió una mirada de curiosidad a Poirot.

—Le presento a monsieur Hércules Poirot —dijo Carbury—. Es mi invitado. Le he hablado del asunto de Petra.

—¿De veras? —La rápida mirada de Gerard recorrió a Poirot—. ¿Le interesa a usted?

Levantando las manos, Poirot exclamó:

—¡Por desgracia a uno siempre le interesa su trabajo!

—Es verdad —admitió Gerard.

—¿Quiere beber algo? —preguntó Carbury.

Sirvió whisky con soda y se lo ofreció a Gerard. Luego miró interrogadoramente a Poirot, que negó con la cabeza.

—Creo que el coronel no está satisfecho —dijo Poirot, dirigiéndose a Gerard.

Éste hizo un expresivo gesto.

—Por mi culpa —replicó—. Tal vez me equivoque. No olvide, coronel, que puedo estar equivocado.

Carbury lanzó un gruñido.

—Explíquele a monsieur Poirot los hechos —indicó.

El doctor Gerard comenzó a relatar los hechos precedentes al viaje a Petra. Describió a los distintos miembros de la familia Boynton y la nerviosa tensión en que vivían.

Poirot le escuchaba con interés.

Luego Gerard relató lo ocurrido en su primer día de estancia en Petra, describiendo su regreso al campamento.

—Estaba con un molesto ataque de malaria... de tipo cerebral —explicó—. Por ello decidí administrarme una inyección intravenosa de quinina. Es lo habitual en esos casos.

Poirot asintió de nuevo.

—La fiebre me dominaba. Fui casi cayendo hasta mi tienda. De momento no pude encontrar mi botiquín. Alguien lo había movido de donde yo lo dejé. Luego, cuando al fin di con él, no podía encontrar la jeringa. Por último, al no encontrarla, tomé una fuerte dosis de quinina por vía bucal y me dejé caer en la cama.

Tras una pausa, Gerard continuó:

—La muerte de mistress Boynton no fue descubierta hasta después de la puesta del sol. Debido a como estaba sentada, el respaldo del sillón sostenía su cuerpo sin que variara su postura. Por ello sólo se descubrió su muerte cuando uno de los sirvientes fue a avisarla que la cena estaba servida.

Luego describió la situación de la cueva y su distancia del gran cobertizo.

—Miss King, que es una excelente médica, examinó el cadáver. No me llamó, pues sabía que estaba enfermo. Además, no se podía ya hacer nada por la muerta, cuyo fallecimiento había ocurrido un buen rato antes.

—¿Cuánto? —preguntó Poirot.

—Sólo se sabe cuando fue vista últimamente —indicó Carbury, consultando un documento—. Lady Westholme y miss Pierce hablaron con ella poco después de las cuatro. Lennox Boynton sostuvo una conversación con su madre a las cuatro y media. Miss Lennox Boynton habló largamente con ella cinco minutos después. Carol Boynton habló con su madre; pero no sabe la hora exacta, aunque se supone, por las pruebas que se tienen, que fue a las cinco y diez. Jefferson Cope, un amigo de la familia, al regresar al campamento con lady Westholme y miss Pierce, la vio dormida. No habló con ella. Eso mismo ocurrió a las seis menos veinte. Raymond Boynton, el hijo menor, fue, según creo, el último que la vio viva. A las seis menos diez, cuando regresó al campamento, habló con ella. El descubrimiento del cadáver tuvo lugar a las seis y media, cuando el criado fue a decirle que la cena estaba servida.

—¿Se acercó alguien a ella entre el tiempo que Raymond Boynton habló con ella y las seis y media? —preguntó Poirot.

—Creo que no.

—Pero alguien pudo hacerlo —insistió el detective.

—No lo creo. Desde casi las seis hasta las seis y media los sirvientes iban de un lado a otro del campamento, y los viajeros entraban y salían de sus tiendas. Nadie recordaba haber visto que se aproximara alguien.

—Entonces no cabe duda de que Raymond Boynton fue el último que aún vio con vida a su madre, ¿no? —inquirió Poirot.

El doctor Gerard y Carbury cambiaron una mirada.

El militar tamborileó con los dedos sobre la mesa.

—Ahí es donde empezamos a navegar sobre aguas profundas —dijo—. Continúe, Gerard. A usted le corresponde el asunto.

—Cuando Sarah King examinó el cadáver no halló ninguna indicación acerca de la hora de la muerte —siguió él francés—. Sin embargo, cuando al otro día fui informado del asunto y después de varias preguntas, deduje que Raymond debía de ser el último de nosotros que la había visto viva, a eso de las seis; miss King declaró que ello era imposible, pues a aquella hora mistress Boynton ya tenía que estar muerta.

Poirot arqueó las cejas.

—Extraño, muy extraño. ¿Y qué dice a eso Raymond Boynton?

—Jura que su madre estaba viva. Se acercó a ella y le dijo: «Ya he vuelto. ¿Has pasado buena tarde?». Algo por el estilo. Ella le respondió con un gruñido que la había pasado perfectamente y el joven marchó a su tienda.

Poirot frunció perplejo el ceño.

—Muy curioso. Dígame, ¿anochecía ya?

—El sol se estaba ocultando.

—Y usted, doctor Gerard, ¿cuándo vio el cadáver?

—No lo vi hasta el día siguiente. Exactamente a las nueve de la mañana.

—¿A qué hora supone que ocurrió la muerte?

El francés se encogió de hombros.

—Después de tanto tiempo es muy difícil fijar exactamente una hora. Por fuerza tenía que mediar un margen de varias horas. Si me pidieran que prestara declaración bajo juramento, sólo podría decir que la muerte había ocurrido como mínimo doce horas antes y como máximo dieciocho. Como ve, eso no puede serle de ninguna ayuda.

—Cuéntele todo lo demás, Gerard —insistió Carbury.

—Por la mañana, al levantarme, encontré la jeringa de inyecciones en la mesita de noche, detrás de unas botellas. Y a pesar de mi estado de la noche anterior, que no me permite asegurar que no estuviera allí la jeringa, estoy convencido de que no se encontraba en aquel sitio.

—Hay algo más —declaró Carbury.

—Sí, dos detalles de gran valor. En la muñeca de la muerta había una señal como podría dejarle el pinchazo de una aguja de inyecciones. Su hija lo explica diciendo que es un pinchazo de aguja corriente.

—¿Qué hija? —preguntó Poirot.

—Carol —dijo Carbury.

—Queda el último detalle. Al examinar mi botiquín eché de menos una importante cantidad de digitoxín.

—El digitoxín es un veneno para el corazón, ¿no? —preguntó Poirot.

—Sí. Se obtiene de la *digitalis purpurea*. Existen cuatro principios activos: digitalín, digitonín, digitaleína y digitoxín. Este último es considerado como el veneno más activo de las hojas de digital. Según los experimentos de Kopp, es de seis a diez veces más fuerte que la digitalina. En Francia está reconocido; pero la farmacopea británica no lo admite.

—¿Es peligrosa una dosis excesiva de digitoxín?

—Una fuerte dosis de digitoxín produce la muerte instantánea.

—Y mistress Boynton padecía del corazón, ¿no?

—Sí. Además, tomaba una medicina que ya contenía digitalín.

—Muy interesante —dijo Poirot.

—¿Quiere decir que su muerte podría atribuirse a una dosis excesiva de su propia medicina? —preguntó Carbury.

—Sí; pero lo más importante es que la digitalina posee la propiedad de matar sin dejar rastro apreciable de su intervención.

Poirot asintió lentamente con la cabeza.

—Muy listo, mucho. Casi imposible de demostrar satisfactoriamente a un jurado. Si se trata de un crimen hay que reconocer que es un crimen muy astuto. La jeringuilla de inyecciones devuelta a su sitio, el veneno utilizado es el mismo que tomaba la víctima… Un posible error o un accidente. Sí, está en juego una gran inteligencia… Casi un genio. Sin embargo, hay algo que me preocupa.

—¿De qué se trata?

—El robo de la jeringuilla. Por lo demás todo encaja perfectamente.

Carbury miró curiosamente al belga.

—¿Qué opina usted? —preguntó—. ¿Fue crimen o no lo fue?

Poirot levantó una mano.

—Un momento. Aún no hemos llegado a ese punto. Debemos tener en cuenta otras pruebas.

—¿Qué pruebas? Ya se las hemos dado todas.

—¡No! Se trata de una prueba que yo, Hércules Poirot, aportaré al caso.

Sonrió ampliamente, gozando con el asombro de los otros dos, y siguió:

—Es muy divertido que yo, a quien ustedes han contado la

historia, les regale unas pruebas de las cuales ustedes nada sabían. Se trata de lo siguiente. Una noche, en el hotel Salomón, fui a la ventana para ver si estaba bien cerrada...

—¿Cerrada o abierta? —preguntó Carbury.

—Cerrada —replicó firmemente Poirot—. Estaba abierta. Como es lógico, la cerré; pero antes de hacerlo oí una voz muy agradable e inconfundible, que decía estas palabras: «¿No comprendes que es necesario matarla?».

Hizo una pausa.

—Como es lógico, en aquellos momentos no relacioné aquellas palabras con un crimen. Pensé que se trataba de unos autores que discutían el pasaje de alguna novela; pero ahora ya no estoy seguro de eso. Es más, estoy seguro de que se referían a una muerte de verdad. Y hablando con propiedad, agregaré mi convencimiento de que las palabras aquellas fueron pronunciadas por un joven a quien más tarde vi en el vestíbulo del hotel y que, según se me dijo, se llamaba Raymond Boynton.

Capítulo III

—¿Raymond Boynton dijo eso?

La pregunta partió de Gerard.

—¿Lo cree posible, psicológicamente hablando? —inquirió Poirot.

Gerard movió la cabeza.

—No, no diría eso. Me sorprende porque Raymond Boynton es el más indicado para que recaigan sobre él las sospechas.

—¿Y qué vamos a hacer? —preguntó Carbury.

Poirot se encogió de hombros.

—No veo qué pueda hacerse —confesó—. No hay pruebas precisas. Será muy difícil probar que se ha cometido un crimen. Ya sé que a usted, coronel, le gustaría aclarar en seguida eso y saber exactamente lo que sucedió y cómo ocurrió. ¿Y usted, doctor Gerard? ¿Está satisfecho de que las cosas queden como están o prefiere que se aclare el misterio?

—Era una mujer horrible —dijo Gerard lentamente—. De todas formas, hubiera muerto dentro de poco. No le quedaba mucho tiempo de vida. Quizás un mes, un año, una semana. No cabe duda de que su muerte benefició a la comunidad. Ha dado la libertad a su familia. Creo que para ellos ha sido un bien. De la muerte de mistress Boynton no puede resultar nada malo.

—Entonces, ¿está usted satisfecho? —preguntó Poirot.

—No. —El doctor Gerard descargó un puñetazo sobre la mesa—. No estoy satisfecho. Me han enseñado a salvar las vidas, no a acelerar la muerte. Por ello, aunque cerebralmente crea que la muerte de esa mujer fue un bien, mi conciencia se rebela contra ella. No es justo que un ser humano muera antes de la hora que le ha sido fijada.

Poirot sonrió, satisfecho de esta respuesta.

El coronel Carbury declaró:

—Tampoco a mí me gusta el crimen.

Levantóse y se sirvió un whisky muy fuerte.

—Pasemos al nervio de la cuestión —dijo—. ¿Puede hacerse algo? Está bien que a ninguno de nosotros nos guste la idea de que se ha cometido un asesinato: pero ¿de qué sirve sentir horror por algo si no se puede probar nada?

Gerard inclinóse hacia delante.

—¿Cuál es su opinión profesional, monsieur Poirot? Usted es un perito.

Poirot no tardó en contestar. Arregló su cenicero, hizo un montón con las cerillas ya usadas y al fin dijo:

—Usted desea saber quién mató a mistress Boynton, ¿no, coronel? Esto y toda la verdad del caso.

—En efecto —declaró, impasible, Carbury—. ¿Cree que podrá resolver el misterio?

—Me asombraría mucho el no poderlo hacer —contestó lentamente Poirot—. Lo primero que debe hacerse es averiguar si se trata de un crimen compuesto, es decir, si lo llevó a cabo toda la familia Boynton, o si es obra de uno solo de sus miembros. En este último caso tenemos que decir cuál es el familiar sobre el cual recaen más lógicamente las sospechas.

El doctor Gerard declaró:

—Yo creo que el principal sospechoso es Raymond Boynton.

—De acuerdo —asintió Poirot—. Las palabras que oí y las discrepancias entre su declaración y la de la joven doctora le coloca a la cabeza de los posibles sospechosos. Por cierto, ¿no existe cierta *tendresse* entre miss King y míster Raymond Boynton?

—Sí —asintió Gerard.

—Creo que la vi en el hotel Salomón. Es una deliciosa morena.

Poirot se interrumpió un momento, luego dijo:

—Por lo tanto, desde el primer momento aceptaremos con ciertas reservas mentales la declaración de miss Sarah King. Es parte interesada en el problema. —Hizo una pausa y continuó luego—: Dígame, doctor Gerard, ¿cree que Raymond Boynton es capaz de cometer un crimen fácilmente?

Gerard contestó:

—¿Se refiere usted a un crimen planeado con tiempo? Sí, le creo capaz. Pero sólo bajo una tensión nerviosa muy grande.

—¿Existían esas condiciones?

—Sí. El viaje alteró los nervios de todos los familiares. La comparación de sus vidas con las de la gente con quien se cruzaban debió de afectarles mucho. Además, en el caso de Raymond Boynton...

—¿Qué?

—Estaba la complicación de sentirse muy atraído por Sarah King.

—¿Debería representar eso un motivo y un estímulo adicionales?

—Sí.

El coronel Carbury carraspeó.

—Permitan que les interrumpa. Aquellas palabras que oyó usted, monsieur Poirot, debieron de ser dichas a alguien.

—Es cierto. No lo he olvidado. Sí. ¿A quién hablaba Raymond Boynton? Sin duda a un pariente suyo. Pero ¿cuál? ¿Podría decirnos algo, doctor Gerard, acerca de los demás miembros de la familia? Me refiero a su estado mental.

Gerard replicó en seguida:

—Carol Boynton está, poco más o menos, en el mismo estado que su hermano. O sea, de rebeldía acompañada de tensión nerviosa; pero sin la complicación sensual… Lennox Boynton ya dejó atrás el estado de rebeldía. Estaba hundido en la apatía. Le costaba trabajo pensar.

—¿Y su esposa?

—Su mujer, aunque cansada de luchar, desgraciada y abatida, no daba muestras de sufrir conflictos mentales. Creo que vacilaba al borde de una decisión.

—¿Qué decisión?

—La de abandonar o no a su marido.

Gerard repitió su conversación con Jefferson Cope.

Poirot movió la cabeza.

—¿Y la más joven? Creo que se llama Ginevra.

—Creo que mentalmente se halla en grave peligro —dijo Gerard—. Ha comenzado ya a dar muestras de esquizofrenia. No pudiendo aguantar aquella vida escapa al reino de la fantasía. Pretende ser una princesa real en grave peligro, rodeada de enemigos que desean su muerte.

—¿Es peligroso eso?

—Mucho. Es el principio de lo que llamamos manía homicida. El enfermo mata no por el ansia de matar, sino en defensa propia. Piensa que lo hace para no morir.

—Entonces, ¿cree que Ginevra Boynton pudo asesinar a su madre?

—Sí; pero dudo mucho de que tuviera la capacidad mental para cometer el crimen en las condiciones en que parece haber sido llevado a cabo. La astucia de esos seres es generalmente muy escasa. Estoy casi seguro que, de ser ella, hubiera elegido el medio más espectacular.

—Pero es una posible culpable, ¿verdad? —preguntó Poirot.

—Sí —admitió Gerard.

—¿Cree usted que la familia sabe quién ha cometido el crimen?

—Lo saben todos —aseguró Carbury—. Si alguna vez he visto a unos mentirosos de veras, éstos son. Todos ocultan algo.

—Les haremos hablar, pues —declaró Poirot.

—¿Con el tercer grado?… —preguntó Carbury arqueando las cejas.

—No —replicó Poirot—. Sólo conversación normal. En un interrogatorio la gente puede mentir; pero hablando continuamente con ella no puede mantener una ficción eterna. Eso hace que la verdad salga a relucir por sí sola.

—Es buena idea —aprobó Carbury—. ¿Acepta usted encargarse de eso?

Poirot inclinó la cabeza.

—Pero no olviden —dijo— que sólo se trata de conseguir la verdad. Aunque la descubramos quizá no tengamos prueba alguna para presentarla a un tribunal.

—Bien —replicó Carbury—; pero no olvide que no puedo concederle mucho tiempo. No podré retener indefinidamente a esos viajeros.

—Reténgalos veinticuatro horas —sonrió Poirot—. Mañana por la noche sabrá la verdad.

—Está usted muy seguro —declaró Carbury mirándole.

—Estoy seguro de mi habilidad —replicó Poirot.

—Si triunfa, amigo mío, le consideraré una maravilla —dijo Gerard.

Capítulo IV

Sarah King miró larga e interrogadoramente a Poirot. Observó la ovalada cabeza, el amplio bigote, la sospechosa negrura de su cabello. La duda asomó en su semblante.

—¿Está usted satisfecha, mademoiselle?

—No acabo de comprender el motivo de este interrogatorio —declaró Sarah.

—¿No se lo explicó el buen Gerard?

—No comprendo al doctor Gerard —dijo Sarah, frunciendo el ceño—. Parece creer...

—Como yo, desea saber la verdad de este asunto.

—¿Se refiere a la muerte de mistress Boynton?

—Sí.

—¿No cree que es mucho ruido para tan pocas nueces? En usted es natural, monsieur Poirot. Es un especialista.

—¿Cree que es natural que sospeche un crimen siempre que se presenta una oportunidad para ello?

—Tal vez.

—¿No le cabe a usted ninguna duda acerca de la muerte de mistress Boynton?

Sarah se encogió de hombros.

—El viaje a Petra es terriblemente agotador, sobre todo para una mujer que tenía enfermo el corazón.

—Entonces, ¿cree que no hay nada sospechoso en la muerte de mistress Boynton?

—En absoluto. No me explico la actitud del doctor Gerard. Ni siquiera sabe nada de mi examen. Estaba enfermo con fiebre y tuve que hacerme cargo de la situación. Si no están satisfechos de mi dictamen pueden hacer la autopsia en Jerusalén.

—Existe algo que por lo visto el doctor Gerard no le ha comunicado a usted, señorita. Una cantidad bastante grande de digitoxín le fue sustraída de su botiquín.

—¡Oh!

Rápidamente Sarah comprendió el giro que aquello daba al suceso.

—¿Está el doctor Gerard seguro de lo que dice? —preguntó. Poirot se encogió de hombros.

—Como usted ya debe de saber por propia experiencia, señorita, un médico no afirma una cosa cuando no está seguro de ella.

—Desde luego; pero en aquellos momentos el doctor Gerard padecía una fiebre muy elevada.

—Es cierto.

—¿Tiene alguna idea de cuándo pudieron sustraerle la droga?

—Dice que la noche de su llegada a Petra abrió el botiquín en busca de fenacetina, pues le dolía mucho la cabeza. Cuando volvió a su sitio a la mañana siguiente la fenacetina, comprobó que todas las drogas estaban intactas. Está casi seguro de ello.

—¿*Casi*? —preguntó Sarah.

Poirot se encogió de hombros.

—Existe cierta duda; porque el doctor Gerard es un hombre honrado y no puede asegurar una cosa sin estar absolutamente cierto de ella.

—Entonces...

—¿Cree que mi investigación es improcedente?

Sarah le miró muy fijo.

—Francamente, sí.

—¿Cree que me divierto entrometiéndome en la vida de una familia que acaba de sufrir un rudo golpe?

—No quiero ser grosera; pero sospecho algo por el estilo. ¿No es lógico?

—Entonces usted lucha al lado de la familia Boynton, mademoiselle.

—Sí. Han sufrido todos mucho. Creo que merecen que se les deje en paz.

—O sea que la desagradable y tiránica *maman* está mucho mejor muerta que viva, ¿no?

—Dicho de esa forma... —Sarah enrojeció—. No creo que deba de tenerse eso en cuenta.

—Yo opino que sí. Al fin y al cabo un asesinato...

—¿Un asesinato? —Sarah palideció—. ¿Qué prueba existe de que se trate de un asesinato? El mismo doctor Gerard no puede estar del todo seguro de ello.

—Existen otras pruebas.

—¿Cuáles?

—La huella de un pinchazo en la muñeca de mistress Boynton. Y algo más; unas palabras que oí pronunciar en Jerusalén.

Las palabras las pronunció míster Raymond Boynton, y eran: «¿No comprendes que es necesario matarla?».

La palidez invadió el rostro de Sarah.

—¿Usted oyó eso?

—Sí.

—¡Tenía que ser usted quien lo oyese!

Poirot asintió.

—Sí, tuve que ser yo. Esas cosas suceden muy a menudo. ¿Comprende ahora por qué creo que debería hacerse una investigación?

—Sí —murmuró Sarah.

—¿Me ayudará?

—Claro.

Sarah meditó un instante. Luego explicó lo ocurrido, terminando con el relato de cómo la anciana dio libertad a su familia.

—¿Era eso muy extraordinario?

—Sí. Por lo general los retenía a todos a su alrededor.

—¿Cree, tal vez, que sintió súbitos remordimientos y tuvo lo que se llama *un bon moment*?

—No, no lo creo —declaró Sarah.

—Entonces, ¿qué cree?

—Que quiso jugar al gato con el ratón.

—Explíquese, mademoiselle.

—Un gato se divierte soltando al ratón y volviéndolo a coger. Mistress Boynton tenía esa mentalidad.

—¿Qué sucedió luego?

—Los Boynton se marcharon…

—¿Todos?

—No; la hija menor, Ginevra, se quedó en el campamento. Su madre le ordenó que se fuera a descansar.

—¿Accedió ella?

—No; pero eso no importa. Al fin hizo lo que le mandó su madre. Los demás se marcharon. El doctor Gerard y yo nos reunimos con ellos.

—¿A qué hora ocurrió eso?

—Debían ser las tres y media.

—¿Dónde estaba entonces mistress Boynton?

—Nadine, su nuera, la ayudó a sentarse en su sillón a la puerta de la cueva.

—Continúe.

—Al doblar el recodo del valle, el doctor Gerard y yo alcanzamos a los demás. Charlamos todos juntos. Luego, al cabo de un rato, el doctor Gerard volvió al campamento. Desde hacía rato tenía un aspecto extraño. Comprendí que tenía fiebre. Le propuse acompañarle, pero no quiso aceptar mi ayuda.

—¿A qué hora sucedió eso?

—Creo que eran las cuatro de la tarde.

—¿Y los demás?

—Seguimos el paseo.

—¿Juntos?

—Al principio sí. Luego nos separamos. —Sarah habló más de prisa, como presintiendo la próxima pregunta—. Nadine Boynton y míster Cope se fueron por un lado y Carol, Raymond y yo por otro.

—¿Y siguieron así?

—No... Raymond Boynton y yo nos separamos de los otros. Nos sentamos en una roca para contemplar el paisaje. Luego él se fue y yo permanecí allí un rato. A las cinco y media decidí volver al campamento. Llegué a las seis, cuando el sol se ocultaba.

—¿Pasó junto a mistress Boynton?

—Observé que continuaba sentada junto a su cueva.

—¿No le extrañó que no se hubiera movido?

—No, pues la vi sentada en el mismo sitio la noche en que llegamos.

—*Continuez*.

—Fui al cobertizo. Los demás, excepto el doctor Gerard, estaban ya allí. Me lavé y luego sirvieron la cena. Uno de los criados fue a llamar a mistress Boynton. Volvió diciendo que estaba enferma y yo fui a verla. En cuanto la toqué comprendí que estaba muerta.

—¿No le cupo ninguna duda acerca de su muerte? ¿Creyó que era natural?

—Sí. Estaba enterada de que padecía del corazón, aunque no sabía cuál era exactamente la enfermedad que padecía.

—¿Pensó que la anciana había muerto sentada en su sillón?

—Sí.

—¿Sin pedir socorro?

—Sí. Ocurre a veces. Pudo incluso morir mientras estaba dormida. Además, durante casi toda la tarde el campamento estuvo dormido. No la hubieran oído a no ser que hubiese llamado muy fuerte.

—¿Se formó alguna opinión del tiempo que llevaba muerta?

—No pensé en ello. Era indudable que llevaba ya muerta un rato.

—¿Qué entiende usted por un rato?

—Pues... más de una hora. Quizá mucho más. El sol y el calor de la roca impidieron que el cuerpo se enfriase rápidamente.

—¿Más de una hora? ¿Se da cuenta, miss King, de que míster Raymond Boynton habló con su madre media hora antes y que entonces la anciana estaba perfectamente?

Sarah evitó la mirada de Poirot; pero movió la cabeza.

—Debió de cometer un error. Quizás era más pronto.

—No, no era más pronto, mademoiselle.

Sarah le dirigió una rápida mirada. De nuevo Poirot observó la firmeza de su boca.

—Soy joven y no he visto muchos muertos —dijo Sarah—; pero sé lo bastante para poder afirmar que mistress Boynton había muerto por lo menos una hora antes de que yo examinara su cadáver.

De pronto Poirot declaró:

—Eso es lo que usted dice y piensa decir.

—Es la verdad.

—Entonces dígame por qué Raymond Boynton dice que su madre estaba viva cuando en realidad se hallaba muerta.

—No lo sé. Debe de estar equivocado en lo referente a la hora. Se trata de una familia muy nerviosa e imaginativa.

—¿Cuántas veces ha hablado usted con esa familia, mademoiselle?

Sarah calló un momento, frunciendo el ceño.

—Hablé con Raymond Boynton en el pasillo del vagón, cuando me dirigía a Jerusalén. Sostuve dos conversaciones con Carol Boynton. Una en la mezquita de Omar y otra aquella misma noche, en mi cuarto. Hablé con mistress Lennox Boynton a la mañana siguiente. Eso es todo hasta la tarde en que murió mistress Boynton, cuando salimos juntos a pasear.

—¿No habló con mistress Boynton?

Sarah enrojeció.

—Sí, cambié unas cuantas palabras con ella el día en que salió de Jerusalén. En realidad, hice el tonto.

—¿De veras?

Sarah explicó lo que habían hablado.

—La mentalidad de mistress Boynton es muy interesante en este caso —dijo Poirot—. Muchas gracias. Ahora hablaré con los otros testigos.

Sarah se levantó.

—Perdone, monsieur Poirot, quisiera hacerle una sugerencia.

—Desde luego. Diga usted.

—¿Por qué no aplaza todo este asunto hasta que se haya realizado la autopsia y se compruebe si sus sospechas están fundadas o no? Esto parece algo así como poner el carro delante del caballo.

Poirot hizo un ademán grandilocuente.

—Es el método de Hércules Poirot —anunció.

Apretando los labios, Sarah abandonó la habitación.

Capítulo V

Lady Westholme entró en la habitación con la seguridad de un trasatlántico llegando a un gran puerto.

Miss Annabel Pierce la siguió, acomodándose en una silla más baja.

—Tendré un gran placer en ayudarle, monsieur Poirot —afirmó lady Westholme—. Haré cuanto esté en mi mano. Siempre he considerado que en estos asuntos se tiene que cumplir un deber público.

Después de varios minutos de que el deber público de lady Westholme se mantuviese en escena, Poirot tuvo la destreza de introducir una pregunta.

—Recuerdo perfectamente aquella tarde. Miss Pierce y yo haremos lo posible por ayudarle.

—¡Oh, sí! —suspiró miss Pierce, casi en éxtasis—. ¡Qué trágico! ¿No? Muerta en un abrir y cerrar de ojos.

—Tengan la bondad de explicarme lo que sucedió aquella tarde.

—¡Oh! Desde luego —declaró lady Westholme—. Después de comer decidí dormir la siesta. La excursión de la mañana me fatigó un poco. No es que estuviera cansada. Yo nunca me canso. No sé qué es la fatiga...

La intervención de Poirot volvió la charla a su cauce.

—Sí, pensé echar una siesta. Miss Pierce estuvo de acuerdo conmigo.

—Sí, sí —afirmó miss Pierce—. La excursión de la mañana me rindió. ¡Una escalada tan peligrosa! Además, yo no soy tan fuerte como lo es lady Westholme.

—¿Fueron a sus tiendas después de comer? —preguntó Poirot.

—Sí.

—¿Estaba mistress Boynton sentada a la puerta de su cueva?

—Sí. Su nuera la ayudó.

—¿Podrían ustedes dos verla desde donde estaban?

—Sí —contestó miss Pierce—. Estaba frente a nosotras, sólo que un poco más arriba.

Lady Westholme aclaró la explicación:

—Las cuevas estaban abiertas en la montaña, en un saliente, más abajo se hallaban las tiendas de campaña. Miss Pierce y yo teníamos las tiendas cerca del cobertizo donde comíamos. Ella estaba a la derecha y yo a la izquierda. Las entradas de nuestras tiendas daban a las cuevas. Pero, desde luego, se hallaban a bastante distancia.

—Unos doscientos metros, ¿no?

—Algo por el estilo.

—Tengo un plano trazado con ayuda del guía Mahmoud.

Lady Westholme aseguró que probablemente estaría equivocado.

—Era un hombre que en nada acertaba. Se confundía con todo. Confundía un sinfín de cosas.

—Según mi plano —dijo Poirot—, la cueva inmediata a la ocupada por mistress Boynton era la de su hijo Lennox y su esposa. Raymond, Carol y Ginevra Boynton estaban instalados en las tiendas. A la derecha de la de Ginevra estaba la tienda del doctor Gerard, y junto a la de éste la de miss King. ¿No era así?

Lady Westholme reconoció, de mala gana, que era verdad.

—Muchas gracias. Así todo está claro. Tenga la bondad de seguir, lady Westholme.

—A las cuatro menos cuarto —explicó la aristócrata— fui a la tienda de miss Pierce para ver si estaba despierta y tenía ganas de dar un paseo. Estaba a la puerta de su tienda, leyendo. Decidimos salir media hora después, cuando hiciera menos calor, y yo volví a mi tienda, leyendo durante unos veinticinco minutos. Entonces fui a reunirme con miss Pierce. Estaba ya preparada y emprendimos la marcha. Todo el mundo parecía dormir; pero viendo a mistress Boynton sentada a la puerta de su cueva, sugerí a miss Pierce que subiéramos a preguntarle si necesitaba algo.

—Es verdad —asintió miss Pierce—. Fue muy considerada.

—Lo consideraba mi deber —declaró lady Westholme.

—Pero la anciana se portó muy groseramente —siguió miss Pierce.

Poirot miró interrogador a las dos mujeres.

—Desde abajo le preguntamos si necesitaba algo y nos contestó con un gruñido —dijo lady Westholme.

—Fue vergonzoso —declaró miss Pierce.

—Incluso llegué a decir que tal vez estaba borracha —dijo lady Westholme.

—Una sospecha muy justificada dadas las circunstancias —murmuró miss Pierce.

—¿Por qué?

—Yo le dije a miss Pierce que quizá bebía. Ha sido muy peculiar desde el principio.

—Ese día, ¿sus modales fueron muy peculiares?

—No.

—Fue desconsiderada con ese sirviente —dijo miss Pierce.

—¿Con cuál?

—Ocurrió poco antes de que nos marchásemos.

—¡Ah, sí, ya recuerdo! Parecía muy enfadada con él. Claro que el tener criados que no entienden una palabra de inglés es muy molesto; pero yo opino que cuando se viaja es necesario hacer concesiones...

—¿Qué criado era? —preguntó Poirot.

—Uno de los sirvientes beduinos del campamento. Creo que mistress Boynton debió de enviarle a buscar algo y le trajo una cosa por otra. Estaba muy furiosa. El pobre hombre se alejó mientras ella gritaba y le amenazaba con un bastón.

—¿Qué dijo?

—Estábamos demasiado lejos para oírla. Por lo menos yo no entendí palabra. ¿Y usted, miss Pierce?

—No sé qué pasó. Tal vez le envió a buscar algo a la tienda de su hija menor o se enfadó porque él entró en aquella tienda. No puedo asegurar nada.

—¿Qué aspecto tenía?

Miss Pierce, a quien fue dirigida la pregunta, movió dubitativamente la cabeza.

—En realidad no podría decirlo. Estaba demasiado lejos. A mí todos los árabes me parecen iguales.

—Era un hombre de estatura algo más que corriente —explicó lady Westholme—. Llevaba esa especie de gorro que usan todos los árabes. Vestía unos pantalones muy rotos y remendados. Esa gente necesita disciplina.

—¿Podría reconocer a ese hombre entre los demás sirvientes del campamento?

—Lo dudo. No le vimos la cara. Estaba demasiado lejos. Y, como dice miss Pierce, todos los árabes se parecen.

—Me gustaría saber qué fue lo que enfureció tanto a mistress Boynton.

—Estos indígenas son capaces de agotar la paciencia mejor templada —dijo lady Westholme—. Uno de ellos se llevó mis zapatos, a pesar de que por todos los medios a mi alcance le di a entender que prefería limpiármelos yo.

—Yo siempre hago lo mismo —sonrió Poirot—. Dondequiera que voy llevo lo necesario para limpiarme los zapatos. También llevo un trapo para el polvo.

—Yo también. —Lady Westholme parecía casi humana.

—Porque esos árabes nunca quitan el polvo a nada de lo que uno lleva.

—¡Nunca! A veces tengo que limpiar el polvo dos o tres veces por día. No puedo soportar el polvo.

—Bien…, bien —murmuró Poirot, como si se sintiera culpable de la desviación del interrogatorio—. Pronto podremos averiguar por el sirviente qué fue lo que irritó a mistress Boynton. ¿Quiere que sigamos con su declaración?

—Pues salimos a dar un paseo. Íbamos muy despacio y no tardamos en cruzarnos con el doctor Gerard. Se tambaleaba y parecía muy enfermo. En seguida me di cuenta de que padecía un ataque de malaria. Me ofrecí a volver con él al campamento y prepararle una toma de quinina; pero me dijo que en la tienda tenía su provisión de la droga.

—¡Pobre hombre! —exclamó miss Pierce—. Siempre me ha afectado ver a un doctor enfermo.

—Seguimos andando hasta llegar a una roca en la que nos sentamos.

Miss Pierce murmuró:

—Estaba rendida por la excursión de la mañana…

—Yo nunca me canso; pero no valía la pena seguir adelante. Desde allí disfrutábamos de una perfecta vista del panorama.

—¿Veían el campamento?

—Sí, estábamos sentadas de cara a él.

—¿Vieron a algún otro de los viajeros?

—Sí, míster Boynton y su esposa pasaron frente a nosotros de regreso al campamento.

—¿Iban juntos?

—No. Míster Boynton iba en primer lugar. Parecía un poco atontado.

—¿Qué hizo Lennox Boynton al volver al campamento?

Por una vez, miss Pierce se anticipó a lady Westholme.

—Fue directamente hacia su madre; pero no estuvo mucho rato con ella.

—¿Cuánto?

—Un par de minutos, como máximo.

—Yo diría un minuto justo —intervino lady Westholme—. Luego entró en su cueva y después bajó al cobertizo.

—¿Y su esposa?

—Llegó un cuarto de hora después. Se detuvo un momento, nos habló cortésmente.

—Es muy simpática —dijo miss Pierce—. Muy simpática.

—No es tan impasible como el resto de la familia —admitió lady Westholme.

—¿La vieron volver al campamento?

—Sí. Subió a hablar con su suegra. Luego entró en la cueva, sacó una silla, se sentó junto a ella y estuvieron hablando durante diez minutos.

—¿Y luego?

—Llegó ese extraño estadounidense. Creo que se llama Cope. Nos dijo que al lado del recodo del valle había unas muestras muy interesantes de arquitectura, y nos aconsejó que no dejáramos de verlas. Por lo tanto, fuimos allí. Míster Cope nos leyó un interesante artículo sobre Petra.

—Fue muy interesante —declaró con fervor miss Pierce.

Lady Westholme prosiguió.

—A las seis menos veinte volvimos al campamento. Comenzaba a hacer frío.

—¿Continuaba mistress Boynton sentada en el mismo sitio?

—Sí.

—¿Le hablaron?

—No. En realidad casi no me fijé en ella.

—¿Qué hicieron luego?

—Yo entré en mi tienda, cambié de zapatos y saqué mi paquete de té chino. Luego fui al cobertizo. Encontré allí al guía y le encargué que preparase té para miss Pierce y para mí. Objetó que la cena estaría lista en seguida; pero yo insistí en lo del té.

—Siempre he dicho que una taza de té entona el cuerpo —murmuró miss Pierce.

—¿Había alguien más en el cobertizo?

—Sí. Lennox Boynton y su esposa. Estaban leyendo. También estaba allí Carol Boynton.

—¿Y míster Cope?

—Tomó el té con nosotras —explicó miss Pierce—. Aunque dijo que el tomar té no era costumbre en Estados Unidos.

—Raymond Boynton y su pelirroja hermana menor llegaron poco después. Miss King fue la última en presentarse. La cena estaba ya dispuesta. Uno de los criados fue enviado a avisar a mistress Boynton. Volvió casi en seguida, parecía muy excitado. Habló en árabe con el guía. Oí algo acerca de que mistress Boynton estaba enferma. Miss King ofreció sus servicios. Marchó con el guía. Luego volvió, dando la noticia a los Boynton.

—Lo hizo muy bruscamente, sin ninguna preparación —exclamó miss Pierce—. Creo que debiera haber tenido más prudencia.

—¿Cómo tomaron la noticia los hijos de mistress Boynton?

Por primera vez, miss Pierce y lady Westholme no supieron qué replicar. La última, tras una pausa, dijo:

—Pues… es difícil asegurar nada. Se quedaron muy quietos…

—Anonadados —dijo miss Pierce.

Fue una sugerencia más que una respuesta.

—Todos se fueron con miss King —siguió lady Westholme—. Miss Pierce y yo, muy prudentemente, permanecimos en el cobertizo. Detesto la vulgar curiosidad. Cuando el guía y miss King regresaron, propuse que se nos sirviera la cena en seguida a fin de que luego los Boynton pudieran estar solos allí, sin el embarazo de la presencia de unos extraños. Mi sugerencia fue aceptada, y en cuanto cenamos marché a mi tienda. Miss King y miss Pierce hicieron lo mismo. Míster Cope permaneció en el cobertizo; es amigo de la familia y creyó poderles ayudar en algo. Esto es todo cuanto sé, monsieur Poirot.

—¿Recuerda si cuando miss King dio a los Boynton la noticia de la muerte de su madre, todos salieron detrás de ella?

—Sí… No, creo recordar que la joven de los cabellos rojos permaneció en el cobertizo. ¿No lo recuerda usted, miss Pierce?

—Sí, estoy segura de que no se movió de allí.

—¿Y qué hizo? —preguntó Poirot.

Lady Westholme le miró.

—¿Qué hizo? Que yo recuerde, monsieur Poirot, no hizo absolutamente nada.

—Se retorcía las manos —intervino miss Pierce—. Su rostro permanecía impasible.

»Es un movimiento instintivo —siguió—. A mí me ocurrió una vez. Tenía que ir a ver a una tía muy gravemente enferma, y no sabía si tomar el primer tren. Comencé a hacer pedazos el telegrama, y al bajar la mirada vi que en vez de romper el telegrama había destrozado un billete de una libra.

Desaprobando esta salida a escena de su satélite, lady Westholme preguntó fríamente:

—¿Desea algo más, monsieur Poirot?

—No, nada más. Han sido ustedes muy amables.

—Poseo una excelente memoria —dijo lady Westholme.

—Un momento, lady Westholme —dijo Poirot—. Tenga la bondad de permanecer tal como está, sin moverse, y descríbame el traje que lleva ahora miss Pierce, si miss Pierce no tiene inconveniente.

—En absoluto, monsieur Poirot —aseguró miss Pierce.

—No veo el interés...

—Por favor, tenga la bondad de contestarme a lo que le pido, madame.

Lady Westholme se encogió de hombros y luego contestó de mala gana:

—Miss Pierce viste un traje a rayas marrones y blancas. Lleva un cinturón de cuero sudanés beige, rojo y azul. Lleva también medias beige y zapatos castaños. En la media izquierda tiene una carrera. Lleva un collar de cuentas y un broche con una mariposa de nácar. En el dedo del corazón de la mano derecha luce un anillo imitación escarabajo. Su sombrero es castaño. —Hizo una pausa, gozando de su triunfo, y luego preguntó—: ¿Algo más, monsieur Poirot?

Éste hizo un ademán de asombro.

—Es usted admirable, madame. Es una observadora de primer orden.

—Raras veces se me escapa algún detalle.

Lady Westholme se levantó y, después de una inclinación de cabeza, abandonó la estancia. Cuando miss Pierce se disponía a salir tras ella, Poirot dijo:

—Un momento, mademoiselle.

—¿Qué desea? —preguntó, algo inquieta, miss Pierce.

Poirot inclinóse confidencialmente hacia ella.

—¿Ve usted ese ramo de flores campestres?

—Sí —contestó miss Pierce.

—¿Observó que cuando entraron ustedes estornudé un par de veces?

—Sí.

—¿Se dio cuenta de que había olido esas flores?

—Pues no recuerdo.

—Sin embargo, recuerda que estornudé.

—Sí, eso sí.

—Perfectamente. Me preguntaba sólo si esas flores podían producir con su polen la fiebre del heno.

—¡La fiebre del heno! —exclamó miss Pierce—. Recuerdo a una prima mía que era una verdadera mártir de esa dolencia. Siempre me decía que inhalaciones de ácido bórico...

Con alguna dificultad, Poirot se libró del tratamiento nasal de la prima de miss Pierce, y de ésta. Luego cerró la puerta y volvió al centro de la habitación. Arqueando las cejas murmuró:

—No, yo no estornudé. Es indudable que no lo hice.

Capítulo VI

Lennox Boynton entró con paso decidido en la estancia. De haber estado allí el doctor Gerard se hubiera asombrado del cambio que se advertía en el hombre. La apatía habíase esfumado. Aunque algo inquieto, Lennox se mostraba muy seguro de sí mismo. Su mirada iba de un extremo a otro de la habitación.

—Buenos días, míster Boynton. —Poirot se puso en pie y le saludó cortésmente. Lennox respondió con cierta cortedad—. Le agradezco que me conceda esta entrevista.

—El coronel Carbury dijo que era conveniente que hablase con usted.

—Por favor, tenga la bondad de sentarse.

Lennox sentóse en la silla que poco antes dejara libre lady Westholme.

—La muerta de su madre debe haberle conmovido mucho, ¿verdad? —preguntó Poirot.

—Sí, desde luego… Claro que ya sabíamos que su corazón no funcionaba bien.

—¿Era prudente en tales circunstancias permitir a mistress Boynton que participara en una expedición tan agotadora?

Lennox Boynton irguió la cabeza. Con triste dignidad, replicó:

—Mi madre, monsieur Poirot, tomaba sus decisiones sin permitir que nadie interviniese en ellas.

—Las ancianas suelen ser un poco tozudas.

Irritado Lennox preguntó:

—¿A qué conduce todo esto? Eso es lo que quiero saber. ¿Por qué tantas formalidades?

—Creo que no se da usted cuenta, míster Boynton, que en los casos de muerte súbita y no explicadas son necesarias las formalidades.

—¿Qué quiere decir con eso de muertes no explicadas?

Poirot se encogió de hombros.

—Siempre hay que tener en cuenta la pregunta de si una muerte es natural o puede tratarse de un suicidio.

—¿Suicidio?

—Usted es la persona más indicada para aclarar esas dudas. Como es lógico, el coronel Carbury está en plenas tinieblas. Él debe decidir si conviene o no hacer la autopsia al cadáver. Como yo estaba casualmente aquí y tengo mucha experiencia en estos casos, me pidió que hiciera una breve investigación. Si puedo evitarlo, no deseo causarles ninguna molestia.

Irritado, Lennox Boynton replicó:

—Telegrafiaré a nuestro cónsul en Jerusalén.

—Tiene usted derecho a hacerlo —replicó Poirot con indiferencia.

Hubo un breve silencio, al fin del cual Poirot separó las manos y dijo:

—Si tiene inconveniente en contestar a mis preguntas...

—No, no tengo inconveniente —se apresuró a contestar Lennox—. Lo que ocurre es que me parece innecesario todo esto.

—Le comprendo perfectamente. Sin embargo, la respuesta es muy sencilla. Simple rutina, como se dice... Tengo entendido que en la tarde de la muerte de su madre abandonó usted el campamento y salió a pasear.

—Sí, salimos todos, menos mi madre y mi hermana menor.

—¿Estaba sentada su madre a la puerta de su cueva?

—Sí, fuera de ella. Estuvo allí toda la tarde.

—¿A qué hora se marcharon?

—Creo que poco después de las tres.

—¿Cuándo volvieron?

—No recuerdo. Quizás eran las cuatro o las cinco.

—¿Unas dos horas después de haberse marchado?

—Creo que sí.

—¿Se cruzó con alguien al volver?

—¿Cómo?

—¿No vio a unas señoras sentadas en una roca?

—No sé... Quizá sí.

—¿Estaba demasiado absorto en sus pensamientos para fijarse en ellas?

—Sí.

—¿Habló a su madre al volver al campamento?

—S... sí.

—¿No se quejó de encontrarse mal?

—No... Parecía estar bien.

—¿Puede decirme lo que ocurrió entre usted y ella?

Lennox tardó un minuto en contestar.

—Me dijo que había vuelto muy pronto. Yo contesté que sí —hizo una pausa y forzó su contestación—. Dije que hacía calor. Ella me preguntó qué hora era, pues su reloj se había parado. Le quité el reloj de pulsera, le di cuerda, lo puse en hora y se lo volví a poner en la muñeca.

Suavemente, Poirot le interrumpió preguntando:

—¿Qué hora era?

—¿Eh?

—¿Qué hora era cuando dio cuerda al reloj?

—¡Oh! Sí, eran las cinco menos veinticinco.

—Entonces ya sabe exactamente a qué hora volvió al campamento —sonrió Poirot.

Lennox enrojeció.

—¡Sí!... ¡Qué tonto soy! Perdone, monsieur Poirot, tengo ideas muy vagas. Estas preocupaciones...

Poirot se apresuró a replicar:

—Comprendo..., comprendo perfectamente. Se trata de un suceso muy doloroso para usted. ¿Qué más ocurrió?

—Le pregunté a mi madre si deseaba algo. ¿Un refresco, té, café? Contestó que no. Entonces me dirigí al cobertizo. No se veía a ningún criado. Sin embargo, encontré un sifón y bebí un vaso lleno, pues tenía mucha sed. Me senté a leer algunos números atrasados del *Saturday Evening Post*. Debí de adormilarme.

—¿Se reunió su esposa con usted en el cobertizo?

—Sí; llegó poco después.

—¿Y ya no volvió a ver viva a su madre?

—No.

—¿Daba muestras de alguna agitación o nerviosismo cuando usted habló con ella?

—No, estaba como de costumbre.

—¿No le habló de haberse disgustado con uno de los sirvientes?

Lennox miró extrañado a Poirot.

—No, no me dijo nada.

—¿Puede decirme algo más?

—Temo que no.

—Muchas gracias, míster Boynton.

Poirot inclinó la cabeza en señal de que la entrevista había terminado.

Lennox no se decidía a marcharse. Al llegar a la puerta se detuvo, vacilante.

—¿Desea algo más? —preguntó.

—Nada. Lo único que deseo pedirle es que tenga la bondad de decir a su esposa que venga.

Lennox abandonó muy despacio la estancia. Poirot abrió un cuaderno de notas que tenía junto a él y escribió:

L. B. — 4,35

Capítulo VII

Poirot miró con gran interés a la alta y atractiva joven que entró en la habitación. Luego, incorporándose, la saludó cortésmente.

—¿Es usted mistress Lennox Boynton? Soy Hércules Poirot. Estoy a sus órdenes.

Nadine Boynton se sentó. Su pensativa mirada estaba fija en el rostro de Poirot.

—Confío en que no se ofenderá conmigo por molestarla en estos momentos de dolor.

La mirada de Nadine no vaciló. Permaneció fija, y por fin la joven lanzó un suspiro y dijo:

—Creo que lo mejor es que hable a usted francamente, monsieur Poirot.

—Opino igual que usted, madame.

—Se excusa por molestarme en estos momentos de dolor. Ese dolor, señor Poirot, no existe. Y es tonto pretender que exista. No sentía ningún cariño por mi suegra y, honradamente, no puedo decir que lamente su fallecimiento.

—Muchas gracias por su franqueza, madame.

Nadine prosiguió:

—Sin embargo, aunque niegue sentir dolor, puedo admitir que me domina un gran remordimiento.

—¿Remordimiento? —preguntó Poirot arqueando las cejas.

—Sí, porque fui yo la culpable de su muerte.

—¿Qué dice usted, madame?

—Digo que fui la causa de la muerte de mi suegra. Creí obrar honradamente; pero los resultados fueron fatales. Yo fui quien la mató.

Poirot recostóse en su asiento.

—¿Quiere tener la bondad de aclarar sus palabras, madame?

Nadine inclinó la cabeza.

—Sí —dijo—. Mi primera intención fue ocultarle mis asuntos particulares; pero creo que ha llegado el momento en que vale más hablar. Estoy segura de que más de una vez le han hecho a usted confidencias íntimas.

—Sí, sí.

—Entonces le explicaré lo que sucede. Mi vida de mujer casada no ha sido feliz. Mi marido no tiene toda la culpa de ello. La influencia de su madre sobre él fue muy desagradable, y desde hace tiempo la vida me resultaba intolerable. —Hizo una pausa y luego prosiguió—: La tarde en que murió mi suegra tomé una decisión. Tenía un amigo, un excelente amigo que en más de una ocasión me aconsejó que huyera con él. Aquella tarde acepté su sugerencia.

—¿Decidió separarse de su marido?

—Sí. Una vez tomada esa decisión, quise ponerla en práctica lo antes posible. Volví sola al campamento. Mi suegra estaba sentada a la puerta de su cueva. No se veía a nadie por allí y decidí darle la noticia. Me senté junto a ella y le expliqué lo que había sucedido.

—¿Se asombró?

—Sí. Temo que la emoción fuera demasiado grande para ella. Se asombró y se enfadó terriblemente. Al fin me negué a seguir discutiendo y me separé de ella. —La voz de Nadine se quebró—. Ya no volví a verla viva.

Inclinando la cabeza, Poirot preguntó:

—¿Cree que su muerte fue a consecuencia de la conmoción?

—Estoy casi segura. Su corazón estaba ya resentido por el viaje. La noticia que le di y la furia que la dominó hicieron el resto… Me siento más culpable, porque antes de casarme estudié para enfermera y sé algo de cómo hay que tratar a un enfermo. Debí haber comprendido el peligro.

Poirot permaneció callado varios minutos. Por último preguntó:

—¿Qué hizo usted después de que se separó de su suegra?

—Metí en mi cueva la silla que había sacado y bajé al cobertizo. Mi marido estaba allí.

Poirot la observó atentamente, preguntando:

—¿Le anunció su decisión o ya se la había anunciado?

Hubo una brevísima pausa antes de que Nadine replicara:

—Se lo dije entonces.

—¿Cómo se lo tomó?

—Le afectó mucho.

—¿Le pidió que meditara su decisión?

Nadine movió la cabeza.

—Casi no habló. Desde hacía tiempo, los dos comprendíamos que algo por el estilo tenía que ocurrir.

Poirot preguntó:

—¿Podría decirme si el otro hombre era míster Jefferson Cope?

Nadine inclinó la cabeza.

—Sí —dijo.

Se hizo un largo silencio, y por fin, sin ninguna alteración en su voz, Poirot preguntó:

—¿Tiene usted una jeringuilla de inyecciones?

—Sí…, no.

Poirot arqueó las cejas.

Nadine explicó:

—Tengo una vieja jeringuilla de inyecciones; pero la guardo junto con algunas medicinas en un botiquín que está en el equipaje que dejamos en Jerusalén.

—Comprendo.

—¿Por qué me ha preguntado eso, monsieur Poirot?

En vez de contestar a la pregunta, Poirot hizo una él mismo:

—¿Tomaba mistress Boynton una medicina que contenía digital?

—Sí.

—¿Era para el corazón?

—Sí.

—El digital en cantidad puede ser un veneno. ¿Qué le hubiera ocurrido a mistress Boynton si hubiese tomado una sobredosis de la droga?

—No la tomó. Tenía mucho cuidado al tomarla. Lo mismo hacía yo si le preparaba la medicina.

—Quizás en el frasco se puso una sobredosis debido a un error farmacéutico.

—Me parece muy improbable…

—El análisis nos lo indicará rápidamente.

—Desgraciadamente el frasco se rompió —dijo Nadine.

Poirot la miró con súbito interés.

—¿De veras? ¿Quién lo rompió?

—No sé. Creo que uno de los sirvientes. Al meter el cuerpo de mi suegra en la cueva se derribó una mesa.

Durante un par de minutos, Poirot mantuvo la mirada fija en la joven.

—Eso es muy interesante —dijo.

Nadine Boynton se movió inquieta en su silla.

—Creo que insinúa usted que mi suegra no murió de la emoción, sino de una sobredosis de digital. Eso me parece muy improbable.

Poirot inclinóse hacia la joven y preguntó:

—¿*Aunque les diga que el doctor Gerard, el médico francés que les acompañaba, echó de menos una gran cantidad del digitoxín que guardaba en su botiquín?*

Nadine palideció. Poirot la vio apoyarse fuertemente en la mesa. Bajó la mirada y quedó inmóvil, como una escultura de piedra.

—Bien, madame —dijo al fin Poirot—. ¿Qué tiene usted que decir a eso?

Los segundos pasaron lentamente sin que Nadine contestara a la pregunta. Por fin declaró:

—Monsieur Poirot, yo no maté a mi suegra. Cuando la dejé estaba viva. Son muchas las personas que pueden atestiguarlo. Por lo tanto, siendo inocente del crimen, puedo hacerle este ruego: ¿Por qué interviene usted en este asunto? ¿Abandonará la investigación si le juro por mi honor que sólo se ha hecho justicia? Son muchos los padecimientos que usted ignora. Ahora, al fin, hay paz y existe la posibilidad de la dicha. ¿Quiere destruirlo todo?

Poirot irguióse. En sus ojos brillaba una verde llamita.

—Dígame claramente, madame, lo que desea de mí.

—Le digo que mi suegra murió de muerte natural y le pido que acepte esta declaración.

—Hablaremos claro. *Usted cree que a su suegra la mataron* y me pide que perdone el *crimen*.

—Le ruego que tenga piedad.

—De alguien que no la tuvo.

—Usted no comprende. No es eso.

—Puesto que usted lo comprende tan bien, ¿cometió acaso el crimen?

Nadine movió la cabeza. No demostró la menor culpabilidad.

—No —dijo lentamente—. Cuando me separé de ella estaba viva.

—¿Y qué ocurrió luego? ¿Lo sabe o lo sospecha?

Apasionadamente, Nadine declaró:

—He oído decir, monsieur Poirot, que en una ocasión, cuando aquel asunto del Orient Express, usted aceptó como bueno el veredicto de lo que había sucedido.

Poirot la miró curiosamente.

—¿Quién le ha contado eso?

—¿Es verdad?

Muy despacio, Poirot contestó:

—Aquel asunto era distinto.

—No, no lo era. El hombre a quien asesinaron era malo...
—Nadine bajó la voz, agregando—: Ella también lo era.

—El carácter moral de la víctima no tiene nada que ver con
el delito —declaró Poirot—. Un ser humano que ejerce el derecho a la justicia personal y arrebata la vida de otro ser humano,
no debe vivir entre los demás. Se lo dice Hércules Poirot.

—¡Es usted muy duro!

—Madame, hay momentos en que soy de granito. No perdo-
no el crimen. Es la última palabra de Hércules Poirot.

Nadine se levantó. Sus oscuros ojos brillaban intensamente.

—Entonces siga adelante. Destroce la vida de unos inocentes.
No tengo nada más que decirle.

—Al contrario, creo que tiene usted mucho que decir, madame.

—No, nada más.

—Sí. ¿Qué ocurrió, madame, *después* que usted se hubo separado de su suegra, mientras usted y su marido estaban juntos
en el cobertizo?

Nadine se encogió de hombros.

—¿Cómo quiere que lo sepa?

—Lo sabe o lo sospecha.

Nadine le miró fijamente.

—No sé nada, monsieur Poirot —contestó.

Volviéndose, abandonó la estancia.

Capítulo VIII

Después de anotar en su libreta: «N. B. 4,40», Poirot abrió la puerta y llamó al ordenanza que el coronel Carbury había puesto a su servicio, un hombre inteligente que hablaba muy bien el inglés. Le pidió que fuera a buscar a miss Carol Boynton.

Poirot examinó atentamente a la joven cuando ésta entró en la habitación. Fijóse en su cabello castaño, la posición de su cabeza, el largo cuello, las manos bien formadas y nerviosas.

—¿Podría decirme cómo pasó la tarde del día en que murió su madre? —preguntó.

La respuesta fue tan rápida, que Poirot sospechó que había sido ya ensayada.

—Después de comer salimos a dar una vuelta. Volví...

—Un momento. ¿Estuvieron juntos hasta entonces?

—No. Yo estuve casi todo el rato con mi hermano y miss King. Luego volví sola.

—Muchas gracias. ¿Sabe a qué hora, aproximadamente, volvió usted al campamento?

—Creo que eran las cinco y diez.

Poirot anotó: «C. B. 5,10».

—¿Qué ocurrió?

—Mi madre estaba sentada en el mismo sitio que antes. Subí a decirle unas palabras y luego volví a mi tienda.

—¿Recuerda exactamente lo que hablaron?

—Dije que hacía mucho calor y que iba a tenderme en la cama. Mi madre contestó que permanecería allí. Eso fue todo.

—¿Observó algo raro en su aspecto?

—No... creo que...

Se interrumpió vacilante, con la mirada fija en Poirot.

—En mí no hallará usted la respuesta, mademoiselle —sonrió el detective.

Enrojeciendo, Carol volvió la cabeza.

—Pensaba... Entonces no le di importancia; pero ahora, al recordarlo...

—¿Qué?

Lentamente, Carol dijo:

—Es verdad. Tenía un color raro. Estaba muy sofocada. Más que de costumbre.

—Quizás había sufrido algún sobresalto o emoción.

Carol miró extrañada a Poirot.

—¿Un sobresalto? —preguntó.

—Sí; quizá se disgustó con alguno de los criados indígenas.

—¡Oh! —el rostro de Carol se iluminó—. Sí, quizá sí.

—¿No le dijo si había ocurrido algo por el estilo?

—No, no me dijo nada.

Poirot siguió.

—¿Qué hizo usted luego, mademoiselle?

—Fui a mi tienda, me tendí en la cama durante media hora; después fui al cobertizo. Mi hermano y su esposa estaban leyendo.

—¿Qué hizo usted?

—Tenía algo que coser. Luego leí una revista.

—¿Volvió a hablar con su madre antes de ir al cobertizo?

—No. Fui directamente allí. Ni siquiera miré hacia donde ella estaba.

—¿Y luego?

—Permanecí en el cobertizo hasta que miss King nos anunció que mi madre había muerto.

—¿Es eso todo cuanto sabe?

—Sí.

—¿Qué emoción sintió al enterarse de la muerte de su madre..., digo, de su madrastra?

Carol miró fijamente al detective.

—No comprendo lo que quiere usted decir.

—Creo que me comprende perfectamente.

Carol inclinó la cabeza. Vacilante, dijo:

—Tuve una gran emoción.

—¿De veras?

La sangre afluyó al rostro de la muchacha. Miró desesperada a Poirot. En sus ojos había miedo.

—¿Sufrió una gran emoción? —repitió el detective—. *¿Recuerda cierta conversación que sostuvo usted con su hermano Raymond, una noche, en Jerusalén?*

El disparo dio en el blanco. Poirot lo comprendió al ver cómo la palidez volvía al rostro de la chica.

—¿Sabe usted eso? —preguntó.

—Sí.

—Pero... ¿cómo?

—Porque oí parte de la conversación.

—¡Oh!

Carol Boynton escondió el rostro entre las manos. Sus sollozos estremecían la mesa.

Hércules Poirot aguardó un momento; luego dijo:

—Ustedes proyectaban matar a su madrastra.

—Aquella noche estábamos locos.

—Quizá.

—A usted le sería imposible comprender el estado en que nos hallábamos. Parecía fantástico. En Estados Unidos no resultaba tan tangible; pero al viajar nos dimos cuenta de nuestra tragedia.

—¿Su tragedia?

—Sí. Vimos que éramos distintos de los demás. Nos desesperamos. Además estaba Jinny.

—¿Jinny?

—Sí, mi hermana. Usted no la ha visto. Se estaba volviendo muy rara. Y mamá lo empeoraba aún más. Estábamos asustados. Ray y yo creíamos que Jinny iba a volverse loca. Nadine también lo pensaba, y eso nos asustó aún más, porque Nadine ha sido enfermera.

—Comprendo.

—Aquella noche, en Jerusalén, las cosas parecieron a punto de estallar. Ray estaba fuera de sí. Él y yo no podíamos ya más. Nos parecía lógico nuestro proyecto. Mamá… estaba loca. No sé cuál es su opinión, monsieur; pero en aquellos momentos el cometer un crimen nos parecía casi noble.

Poirot asintió con la cabeza.

—Lo comprendo —dijo—. No es el primer caso en que eso ocurre.

—Pero no hicimos nada —siguió Carol—. Al llegar el día todo nos pareció una locura melodramática, absurda. En realidad mamá murió de muerte natural. De un ataque al corazón.

—¿Quiere jurarme por la salvación de su alma, mademoiselle, que mistress Boynton no murió a causa de nada que usted hiciera contra ella?

Carol irguió la cabeza. Con voz firme replicó:

—Juro por la salvación de mi alma que no le hice jamás el menor daño.

Poirot recostóse en su sillón.

—Perfectamente —dijo—. Ahora cuénteme cuál era su plan.

—¿Qué plan?

—El de su hermano y usted —explicó Poirot, acariciándose el bigote—. Seguramente tenían ustedes un plan.

Mentalmente Poirot contaba los segundos que iban transcurriendo antes de que Carol respondiera.

«Uno… dos… tres…»

—No teníamos plan alguno —dijo al fin Carol—. No llegamos a trazarlo.

—Eso es todo, mademoiselle. ¿Quiere tener la bondad de enviarme a su hermano?

Carol se puso en pie. Durante unos segundos permaneció indecisa.

—Monsieur Poirot…, ¿me cree?

—¿Le he dicho que no lo creo? —dijo Poirot.

—No; pero…

Se interrumpió.

—¿Querrá decirle a su hermano que venga? —repitió Poirot.

—Sí.

Volvióse lentamente hacia la puerta. Al llegar a ella se detuvo, y volviéndose hacia el detective declaró apasionadamente:

—¡Le he dicho toda la verdad! ¡Toda la verdad!

Hércules Poirot no contestó.

Carol Boynton salió lentamente de la habitación.

Capítulo IX

Poirot observó el gran parecido entre los dos hermanos mientras Raymond Boynton entraba en la estancia.

Su expresión era firme. No parecía nervioso ni asustado. Se dejó caer en una silla y, mirando fijamente a Poirot, preguntó:

—¿Qué desea?

—¿Ha hablado usted con su hermana? —preguntó nuevamente Poirot.

Raymond asintió con la cabeza.

—Sí, cuando me dijo que viniera. Comprendo que sus sospechas están justificadas. Si nuestra conversación fue oída por alguien, el hecho de que mi madre muriera tan de repente resulta sospechoso. Lo único que puedo asegurar es que aquella conversación fue producto de una tensión de nervios insoportable. El hablar de la muerte de mi madrastra era algo así como una válvula de escape.

Hércules Poirot inclinó la cabeza.

—Es posible —dijo.

—A la mañana siguiente todo parecía absurdo. Le juro, monsieur Poirot, que no volví a pensar de nuevo en el asunto.

Poirot no contestó.

Apresuradamente, Raymond continuó:

—Ya sé que eso es fácil de decir y que no puedo obligarle a que me crea; pero tenga en cuenta los hechos. Hablé con mi madrastra poco antes de las seis. Entonces estaba viva y en perfecta salud. Fui a mi tienda, me lavé y me reuní con los demás en el cobertizo. Desde aquel momento, ni Carol ni yo nos movimos de allí. Estuvimos a la vista de todos. Debe convencerse, monsieur Poirot, de que la muerte de mi madre fue natural. Un caso de fallo del corazón. No podía ser otra cosa. Había muchos criados yendo y viniendo por allí. Otra idea es absurda.

—¿Sabe usted, míster Boynton, que la opinión de miss King, al examinar el cadáver a las seis y media, fue de que la muerte debía de haberse producido por lo menos una hora y media o dos antes?

Raymond le miró desconcertado.

—¿Sarah dice eso? —preguntó.

Poirot asintió con la cabeza.

—¿Qué contesta ahora?

—¡Es imposible!

—Es la declaración de miss King. Ahora usted me dice que su madre estaba viva y bien cuarenta minutos antes de que miss King examinara el cadáver.

—¡Lo estaba!

—Piénselo, míster Boynton.

—Sarah debe de estar equivocada. Debe de existir algún factor que no tuvo en cuenta. La refracción del sol en la roca… algo… Le aseguro, señor, que mi madre estaba viva antes de las seis y que yo hablé con ella.

Poirot permaneció impasible.

Raymond inclinóse, hacia delante, un tanto aturdido.

—Monsieur Poirot —dijo ansiosamente—. Ya sé cuál es su opinión; pero le ruego que aborde la cuestión desde un punto de vista más comprensivo. Usted vive en un ambiente de crímenes. Toda muerte repentina tiene que parecerle un asesinato. ¿No comprende que es imposible confiar en su sentido de la proporción? Todos los días muere alguien… sobre todo gente que tiene el corazón enfermo. Y en sus muertes no hay nada siniestro.

—Veo que quiere enseñarme mi oficio.

—No, no es eso. Pero yo creo que se deja usted vencer por los prejuicios derivados de aquella estúpida conversación. Lo único sospechoso en la muerte de mi madrastra es aquella charla entre Carol y yo.

Poirot movió negativamente la cabeza.

—Está usted en un error —dijo—. Hay algo más. Existe el veneno robado al doctor Gerard.

—¿Veneno? —Ray miró a Poirot—. *¡Veneno!* —Echó hacia atrás la silla. Estaba desconcertado—. ¿Es eso lo que usted sospecha?

Poirot le concedió unos minutos; luego murmuró, casi con indiferencia:

—Su plan era otro, ¿no?

—Sí… —contestó maquinalmente Raymond—. Por eso varía tanto el asunto… No puedo pensar con claridad.

—¿Qué plan tenían?

—¿Nuestro plan…? Era…

Raymond se interrumpió bruscamente. Su mirada se hizo suspicaz.

—No diré nada más.

—Como usted quiera —replicó Poirot.

Siguió con la mirada al joven, mientras éste salía de la estancia.

Atrajo hacia él su cuaderno de notas y, con menuda y limpia letra, anotó: «R. B. 5,55».

Luego, tomando una gran hoja de papel, escribió:

Los Boynton y Jefferson Cope abandonaron el campamento aproximadamente a las 3,05

El doctor Gerard y Sarah King abandonaron el campamento aproximadamente a las 3,15

Lady Westholme y miss Pierce abandonaron el campamento aproximadamente a las 4,15

El doctor Gerard regresó al campamento aproximadamente a las 4,20

Lennox Boynton volvió al campamento a las 4,35

Nadine Boynton volvió al campamento y habló con su suegra a las 4,40

Nadine Boynton se separó de su suegra y fue al cobertizo aproximadamente a las 4,50

Carol Boynton volvió al campamento a las 5,10

Lady Westholme, miss Pierce y míster Jefferson Cope volvieron al campamento alrededor de las 5,40

Raymond Boynton volvió al campamento a las 5,50

Sarah King volvió al campamento a las 6,00

El cadáver fue descubierto a las 6,30

Capítulo X

—Muy curioso —murmuró Poirot.

Dobló la lista, fue a la puerta y pidió que Mahmoud acudiera.

El voluminoso guía era muy hablador. Las palabras fluían copiosamente de sus labios.

—Siempre se me culpa de todo. Cuando ocurre algo, todo el mundo dice que la culpa es mía...

Poirot le interrumpió y le hizo la primera pregunta.

—No, no creo que a las cinco y media hubiera ningún criado por allá. Se comió tarde, casi a las dos, y luego hubo que limpiarlo todo. Después de comer es necesario dormir. Los estadounidenses no toman té y pudimos dormir desde las tres y media. A las cinco, yo, como soy el espíritu de la eficiencia, me levanté para servir el té a las damas inglesas. No encontré a nadie. Para mí fue una suerte. Pude volver a acostarme. A las seis menos cuarto volvió la señora inglesa más grande y comenzó lo malo. Quería tomar el té a pesar de que la servidumbre estaba preparando ya la cena.

—Mistress Boynton se enfadó con uno de los sirvientes —dijo Poirot—. ¿Sabe usted con cuál, y por qué?

—No, no lo sé. Mistress Boynton no se me quejó.

—¿Podría averiguarlo?

—No, señor. Sería imposible. Ninguno de los criados se confesaría culpable. Se acusarán mutuamente; pero no podremos sacar nada en limpio.

Después de esto, Poirot llevó su lista al coronel Carbury, a quien encontró en su despacho.

Carbury se torció algo más la corbata y preguntó:

—¿Ha resuelto algo?

—¿Quiere que le exponga una idea? —le preguntó Poirot.

—Si quiere... —suspiró el coronel Carbury, que en el curso de su vida había escuchado demasiadas ideas y teorías.

—Opino que la criminología es la ciencia más fácil del mundo. No hace falta más que dejar hablar al criminal. Tarde o temprano confesará la verdad.

—Creo recordar que ya expresó usted algo por el estilo. ¿Quién le ha dicho algo?

—Todo el mundo.

Brevemente, Poirot explicó las entrevistas celebradas aquella mañana.

—¡Hum! —gruñó Carbury—. Quizás ha sacado en limpio un par de cosas; lástima que todas ellas señalen hacia puntos distintos. Lo que me interesa saber es si tiene ya sospechas definidas.

—No.

Carbury volvió a suspirar.

—Me lo temía.

—Pero antes de que llegue la noche tendrá usted la verdad —declaró Poirot.

—Eso es todo cuanto puede prometerme —murmuró Carbury—. Le aseguro que dudo mucho de que lo consiga. ¿Está seguro?

—Completamente.

—Le envidio la confianza.

Con sus ojos brillando alegremente, Poirot sacó su lista.

—Muy interesante —declaró Carbury ojeándola.

Al cabo de un momento preguntó:

—¿Sabe lo que pienso?

—Tendré mucho gusto en saberlo.

—Pues que el joven Raymond Boynton no es culpable.

—¿Lo cree?

—Sí. Como en las novelas detectivescas, es el más sospechoso, y el más sospechoso es siempre inocente.

—¿Lee novelas detectivescas?

—A miles —declaró el coronel—. ¿Por qué no hace, como en las novelas detectivescas, una lista de los detalles más significativos?

—Lo haré con mucho gusto —declaró Poirot.

Tomó una hoja de papel y escribió rápida y limpiamente:

DETALLES SIGNIFICATIVOS

1.º *Mistress Boynton tomaba un preparado con digital.*

2.º *El doctor Gerard echó de menos una jeringuilla de inyecciones.*

3.º *A mistress Boynton le complacía enormemente impedir que sus hijos se distrajeran con los demás.*

114

4.º   *En la tarde de su muerte, mistress Boynton aconsejó a su familia que se marcharan sin ella y la dejasen sola.*

5.º   *Mistress Boynton sufría de sadismo mental.*

6.º   *La distancia entre el cobertizo y el sitio donde estaba sentada mistress Boynton era aproximadamente de doscientos metros.*

7.º   *Al principio, mister Lennox Boynton dijo que ignoraba la hora en que había regresado al campamento; pero más tarde reconoció haber puesto en hora el reloj de su madre.*

8.º   *El doctor Gerard y miss Ginevra Boynton ocupaban tiendas inmediatas.*

9.º   *A las seis y media, cuando la cena quedó lista, un criado recibió la orden de anunciar este hecho a mistress Boynton.*

—¡Magnífico! —exclamó Carbury—. Lo ha acertado usted. Sin embargo, observo que faltan algunos detalles. Por ejemplo, no dice que el doctor Gerard echó de menos una cantidad de veneno.

—Eso tiene menos importancia que la ausencia de la jeringuilla de inyecciones.

—¡Formidable! —rió el coronel—. No entiendo nada. Yo habría asegurado que el digital era más importante que la jeringuilla. ¿Y eso del criado al que se envió a anunciar la cena? ¿Y la historia del criado a quien amenazo mistress Boynton a primeras horas de la tarde? No pretenderá hacerme creer que uno de esos infelices indígenas la mató.

Poirot sonrió, pero no dijo nada.

Cuando abandonaba el despacho, murmuró para sí:

—¡Es increíble! Los ingleses nunca se hacen mayores.

Capítulo XI

Sarah King se encontraba sentada en la cumbre de una montaña, recogiendo abstraídamente flores silvestres. El doctor Gerard se sentaba en un pequeño muro de piedra, a poca distancia.

—¿Por qué ha armado este lío? —preguntó de súbito la joven—. Si no hubiese sido por usted...

—¿Cree que debía haber guardado silencio? —le preguntó Gerard.

—Sí.

—¿Sabiendo lo que sabía?

—Usted no sabía nada.

—Sabía mucho; pero no podía estar seguro de nada. Eso es imposible.

—Yo estoy segura de algo.

—Tal vez usted.

Sarah continuó:

—Usted tenía fiebre, temperatura elevada, no podía tener las ideas claras. Sin duda la jeringuilla estuvo allí todo el tiempo. Y en lo referente al digitoxín debió de cometer usted un error. Quizás alguno de los criados desordenó el contenido del botiquín.

Burlonamente, Gerard replicó:

—No debe preocuparse. No habrá pruebas definitivas. Sus amigos, los Boynton, saldrán adelante sin ningún tropiezo.

—¡No quiero eso! —protestó Sarah.

Gerard movió la cabeza.

—Es usted una mujer ilógica.

—¿No fue usted quien en Jerusalén habló mucho acerca de la conveniencia de no entrometerse en los asuntos ajenos? Pues ya ve...

—No me he entrometido. Me he limitado a explicar lo que sé.

—¡Y yo le digo que no sabe...! ¡Oh, Dios! Ya volvemos a discutir. Estamos metidos en un círculo vicioso.

—Perdone, miss King —murmuró Gerard.

En voz baja, Sarah continuó:

—Ya ve que no han podido librarse de la influencia de esa mu-

116

jer. Desde su tumba los domina. Había en ella algo muy terrible que perdura aún después de su muerte. Estoy segura que desde el otro mundo está disfrutando enormemente.

Sarah se retorció las manos. Luego, con voz enteramente distinta, dijo:

—Monsieur Poirot sube hacia aquí.

—Debe de buscarnos.

—¿Es tan tonto como parece? —preguntó Sarah.

Gravemente, Gerard replicó:

—No tiene nada de tonto.

—Yo le tenía miedo —dijo Sarah.

Con sombría expresión observó la llegada de Hércules Poirot.

Éste llegó al fin junto a ellos, y lanzando un fuerte resoplido se enjugó la frente. Luego miró con tristeza sus zapatos.

—¡Vaya! —exclamó—. Esta tierra tan pedregosa no se ha hecho para ellos.

—Puede pedir prestado el aparato de limpiar zapatos que tiene lady Westholme —dijo Sarah—. Y su trapo para el polvo. Viaja con un equipo completo de ama de casa.

—Con ello no eliminaré las rozaduras y rasguños de la piel.

—¿Y por qué usa zapatos de esa clase en un país como éste?

Poirot ladeó la cabeza.

—Me gusta tener un aspecto *soigné* —dijo.

—En su lugar, yo abandonaría ese deseo cuando viajase por el desierto —declaró Sarah—. Pero supongo que no habrá subido aquí para discutir acerca de sus zapatos.

—No —replicó Poirot—. He venido a consultar al doctor Gerard. Su opinión me será muy valiosa… y también la de usted, mademoiselle. Es usted joven y conoce, por lo tanto, la psicología moderna. Deseo saber todo cuanto puedan decirme de mistress Boynton.

—¿No lo sabe ya de memoria? —preguntó Sarah.

—No. Tengo la impresión…, más que la impresión la certeza, de que el estado mental de mistress Boynton es muy importante en este asunto. Tipologías como la de ella deben de serle familiares al doctor Gerard.

—Desde mi punto de vista, era una mujer muy interesante —dijo el médico.

—Cuénteme.

El doctor Gerard no se hizo repetir la petición. Expuso su interés por la familia Boynton, su charla con Jefferson Cope y todo cuanto éste le había contado.

—Ese hombre es un sentimental —dijo Poirot.

—En efecto. Tiene ideas basadas en un hondo instinto de pureza. Le gusta aceptar al mundo como un lugar feliz y agradable. Por lo tanto, Jefferson Cope no tiene la menor idea de cómo es la gente en la realidad.

—Eso podría ser, a veces, peligroso —dijo Hércules Poirot.

Gerard prosiguió:

—Insistía en considerar lo que podríamos llamar la situación Boynton como un caso de cariño equivocado. Del odio que se agitaba en el fondo de todo ello, de la rebeldía, de las humillaciones sufridas por los hijos, no tenía la menor idea.

—Eso es estúpido —declaró Poirot.

—Sin embargo, ni el más idiota de los optimistas puede permanecer enteramente ciego. Creo que en el viaje a Petra los ojos de Jefferson Cope se abrieron.

Luego Gerard contó la conversación sostenida con el estadounidense la mañana del día en que murió mistress Boynton.

—La historia de esa criatura es muy interesante —declaró Poirot pensativo—. Vierte una gran luz sobre los métodos empleados por la anciana. Lo que no comprendo es que después de haber dominado por completo a su familia, planeara este viaje al extranjero, donde corría el peligro de que los contactos externos debilitaran su autoridad.

—¡Eso era precisamente lo que ella deseaba! —exclamó Gerard—. Estaba aburrida de su triunfo. Ya estaban olvidadas las emociones de la boda de Lennox. Desde entonces todo había sido aburrido. La lucha cesó por completo. Lennox estaba tan hundido en la melancolía que era ya imposible alterarle. Raymond y Carol no daban señales de rebeldía. Ginevra… ¡Ah, la pobre Ginevra!, ella, desde el punto de vista de su madre, es la que menos emociones proporciona, porque la chiquilla había encontrado un medio de huir de aquello. Huye de la realidad y se refugia en la fantasía. Cuanto más la martiriza su madre, más placer encuentra ella en imaginar que es una heroína perseguida. Desde el punto de vista de mistress Boynton su hija es muy aburrida. Como Alejandro busca nuevos mundos que conquistar. Y por ello decide el viaje al extranjero. Así se enfrentará con el peligro de que sus domesticadas bestias se subleven; se presentarán oportunidades de hacer más daño, causar nuevos dolores. Parece absurdo; pero es así. Lo que mistress Boynton deseaba eran nuevas emociones.

Poirot respiró profundamente.

—Eso está muy bien. Comprendo exactamente lo que usted quiere decir. Todo encaja. *Maman* Boynton decidió vivir peligrosamente y sufrió el castigo.

Sarah inclinóse hacia delante. Estaba muy seria.

—¿Quiere decir que excitó demasiado a sus animales y que éstos, al fin, se revolvieron contra ella o por lo menos se revolvió uno de ellos?

Poirot asintió con la cabeza.

Casi sin voz preguntó:

—*¿Cuál de ellos se revolvió?*

Poirot la miró sin contestar, y antes de que pudiese hacerlo, Gerard le tocó el hombro y dijo:

—Mire.

Una muchacha paseaba por la ladera de la colina. Movíase con gracia rítmica y extraña que le prestaba a veces un aspecto irreal. Su cabello rojo dorado brillaba al sol, una curiosa sonrisa flotaba en sus labios.

—¡Qué hermosa! —exclamó Poirot—. Así debió de jugar Ofelia. Como una joven diosa alegre de estar libre de los lazos que nos atan a los humanos.

—Sí, sí, tiene razón —dijo Gerard—. Es un rostro que parece un sueño irreal. Yo he soñado con él. Durante mi fiebre abrí los ojos y vi ese rostro... con su dulce y ultraterrena sonrisa... Fue un hermoso sueño del que lamenté despertar...

Luego, volviendo a su normalidad, explicó:

—Es Ginevra Boynton.

Capítulo XII

Al cabo de un momento la muchacha se reunió con ellos.

El doctor Gerard hizo las presentaciones.

—Miss Boynton, le presento a monsieur Hércules Poirot.

—¡Oh! —Ginevra miró indecisa al detective. Juntó varias veces las yemas de los dedos y acabó retorciéndose las manos. La ninfa había vuelto del país de los ensueños. Volvía a ser una niña tímida, nerviosa, inquieta.

Poirot dijo:

—Ha sido una suerte encontrarla aquí, mademoiselle. Intenté verla en el hotel.

—¿De veras?

La sonrisa de Ginevra era vaga. Sus manos buscaron el cinturón que ceñía su traje.

—¿Quiere que paseemos un rato juntos? —preguntó Poirot.

Ginevra se dispuso a obedecer este deseo.

De pronto, preguntó inesperadamente, con extraña voz:

—¿Es usted detective?

—Sí, mademoiselle.

—¿Un detective famoso?

—El mejor detective del mundo —contestó Poirot como si dijera la más sencilla verdad.

Ginevra Boynton respiró lentamente.

—¿Ha venido a protegerme?

Poirot se acarició el bigote; luego preguntó:

—¿Está usted en peligro, mademoiselle?

—Sí, sí.

La muchacha dirigió a su alrededor una inquietante mirada.

—Ya le hablé de ello al doctor Gerard, en Jerusalén. Fue muy inteligente. De momento hizo como si no supiera nada; pero luego me siguió hasta aquel terrible lugar de rocas rojas. —En voz más baja agregó—: Pensaban matarme allí. He de estar continuamente en guardia.

Poirot asintió indulgentemente.

Ginevra Boynton dijo:

—Sí... Pronuncia mi nombre en sueños... —El rostro se le dulcificó de nuevo, adquiriendo una sublime belleza—. Le vi tendido en su lecho, agitándose, pronunciando mi nombre... Entré sin hacer ruido, creyendo que me necesitaba. Suponía que era él quien le había hecho venir a usted. Tengo muchos y terribles enemigos, ¿sabe? Todos se agitan a mi alrededor. Algunas veces van disfrazados.

—Sí, sí... —murmuró Poirot—. Pero aquí está usted segura, rodeada de su familia.

La muchacha irguió orgullosamente la cabeza.

—No es mi familia. No tengo nada que ver con ellos... No puedo decirle quién soy en realidad. Es un gran secreto. Le asombraría mucho saberlo.

—¿La emocionó mucho la muerte de su madre? —preguntó Poirot suavemente.

Ginevra golpeó furiosa el suelo con el pie.

—¡Le digo que no era mi madre! Mis enemigos le pagaron para que fingiera serlo y evitara que yo huyese.

—¿Dónde estaba usted la tarde en que murió?

—En mi tienda —contestó la muchacha—. Hacía mucho calor allí dentro; mas no me atrevía a salir... Me hubiera expuesto a que me matasen. —Se estremeció—. Uno de ellos asomó la cabeza dentro de mi tienda. Iba disfrazado; pero le reconocí. Yo fingía estar dormida. El jeque le envió. El jeque deseaba raptarme.

Durante un momento Poirot paseó en silencio y al fin dijo:

—Son muy bonitas todas esas historias que usted me cuenta.

Ginevra le dirigió una fulminante mirada.

—¡Son verdad! ¡Todo es verdad! —nuevamente golpeó, furiosa, el suelo con el pie.

—Sí —dijo Poirot—, son muy ingeniosas.

—¡Son verdad, verdad!

Luego, irritada, dio media vuelta y descendió por la ladera de la montaña.

Poirot la siguió con la mirada. Un momento después oyó una voz que le preguntaba:

—¿Qué le ha dicho?

Poirot volvióse hacia el doctor Gerard. De más lejos se acercaba Sarah.

—Le he dicho que se había inventado una serie de cuentos.

El doctor inclinó la cabeza.

—Y se ha irritado. Es una buena señal. Eso demuestra que el

mal no ha ido demasiado lejos. Aún sabe que eso no es verdad. La curaré.

—¿Va a curarla?

—Sí. He hablado con míster Boynton y su esposa. Ginevra irá a París e ingresará en una de mis clínicas. Más tarde estudiará teatro.

—¡El teatro!

—Sí. En él tiene un campo muy amplio. Es lo que ella necesita… En muchos puntos esenciales tiene el mismo carácter que su madre.

—¡No! —protestó Sarah.

—A usted le parece imposible, pero algunos rasgos fundamentales son idénticos. Las dos nacieron con un ansia muy grande de ser importantes. Las dos piden que su personalidad se imponga. Esa pobre niña se ha visto dominada continuamente. No se le ha dejado en libertad para desarrollar su ambición de vivir su arrolladora personalidad. —Riendo, el doctor terminó—: *Nous allons changer tout ça!*

Luego, con una inclinación, murmuró:

—Les ruego que me perdonen.

A toda prisa descendió por la colina, detrás de la muchacha.

—El doctor Gerard es muy inteligente en su especialidad —dijo Sarah.

—Ya lo noto —asintió Poirot.

—De todas formas no resisto el que compare a Ginevra con aquella horrible vieja… aunque una vez no pude por menos de sentir piedad por mistress Boynton.

—¿Cuándo fue eso, mademoiselle?

—Cuando hablé con ella en Jerusalén. Cuando cometí aquella tontería. Me sentía como empujada a realizar una sublime misión. Más tarde, cuando lady Westholme me dirigió una mirada fría como un pez y me dijo que me había visto hablar con mistress Boynton, pensé que seguramente habría oído lo que hablamos y me sentí en ridículo.

—¿Recuerda con seguridad lo que le dijo mistress Boynton?

—Creo que sí. Sus palabras me impresionaron mucho: «Yo nunca olvido». Sí, eso fue lo que dijo. «*Recuérdelo. No he olvidado nunca nada. Ni una acción, ni un nombre, ni un rostro…*» Lo dijo con tal maldad, sin mirarme siquiera, que aún me estremezco al recordarlo.

—¿La impresionó mucho? —preguntó amablemente Poirot.

—Sí. No me dejo impresionar fácilmente; pero a veces aún

sueño con ella y la oigo repetir aquellas palabras con expresión de triunfo.

Sarah estremecióse y de pronto, volviéndose a Poirot, preguntó:

—Quizá no debiera preguntárselo, monsieur Poirot, pero ¿ha llegado usted a alguna conclusión en este caso?

—Sí.

Poirot observó que a Sarah le temblaban los labios cuando preguntó:

—¿Cuál?

—He averiguado con quién hablaba Raymond Boynton aquella noche en Jerusalén. Con su hermana Carol.

—Es natural… ¿Se lo preguntó usted? ¿Le habló de ello a Raymond? ¿Qué explicación le dio él?

—¿Significa mucho para usted, mademoiselle? —preguntó Poirot.

—Lo significa todo —dijo Sarah. Luego se enderezó y añadió—: ¡Pero tengo que saber la verdad!

—Me dijo que fue un estallido nervioso —explicó Poirot—. Nada más. Que él y su hermana estaban agotados. Añadió que al otro día les pareció a los dos fantástica.

—Es natural…

Bondadosamente, Poirot pidió:

—Mademoiselle Sarah, ¿quiere decirme cuál es su miedo? ¿En qué se basa?

Sarah volvióse con la desesperación pintada en el semblante.

—Aquella tarde estuvimos juntos. Él se separó de mí diciendo que deseaba hacer algo en seguida, mientras aún conservaba el valor. Pensé que iba a decirle algo… Pero luego sospeché…

La voz de Sarah se apagó, mientras la muchacha luchaba por dominar sus nervios.

Capítulo XIII

Nadine Boynton salió del hotel. Mientras vacilaba, indecisa, un hombre acudió a su lado.

Era Jefferson Cope.

—¿Quiere que vayamos por este lado? Es más bonito. ¿Le parece?

Nadine accedió.

Caminaron juntos mientras míster Cope iba hablando sin darse cuenta de que Nadine no le escuchaba.

Cuando llegaron frente a la rocosa montaña, Nadine se volvió hacia su compañero diciendo:

—Jefferson, lo siento, he de hablarle.

Había palidecido.

—No se inquiete —dijo el estadounidense—. Si se altera, ya me hablará otro día.

—Es usted más sagaz de lo que yo imaginaba. Ya sabe lo que voy a decir, ¿no?

—Es indudable que las circunstancias alteran los hechos. Comprendo que después de lo ocurrido las decisiones deben ser meditadas. —Suspiró—. Siga adelante, Nadine, y haga lo que crea conveniente.

Con verdadera emoción la joven replicó:

—Es usted muy bueno, Jefferson. ¡Tan paciente! Comprendo que le he tratado muy mal. He sido mala con usted.

—No, Nadine. Siempre he tenido noción de mis limitaciones en lo que a usted se refería. Desde que la conozco le he profesado un cariño muy hondo. El verla desgraciada me enloqueció. Todo cuanto deseo es su felicidad. He acusado de ello a Lennox. He sentido que no se merecía poseerla si no valoraba su felicidad en algo más de lo que parecía hacerlo.

Respirando con dificultad, míster Cope siguió.

—Después de ir con ustedes a Petra comprendí que Lennox no tenía toda la culpa. No quiero decir nada contra los muertos; pero sospecho que su suegra era una mujer muy difícil.

—Sí, lo era.

—Luego, cuando usted me dijo que pensaba dejar a Lennox, aplaudí su decisión. No era justa la vida que usted llevaba... Fue muy honrada conmigo. No pretendió profesarme más allá de un suave afecto. Yo tenía bastante. Lo único que pedía era la oportunidad de cuidar de usted y tratarla como se merece. Aquella tarde fue una de las más felices de mi vida.

—Perdóneme —sollozó Nadine.

—No debo perdonarle nada. Desde el principio comprendí que jugaba para perder y que usted cambiaría de opinión antes de que llegara la mañana siguiente. Ahora todo es distinto. Lennox y usted pueden vivir su vida.

—Sí —murmuró Nadine—. No puedo dejar a Lennox. Perdóneme.

—No hay nada que perdonar —declaró míster Cope—. Seguiremos así, siendo viejos amigos. Olvidaremos aquella tarde.

Nadine apoyó la mano en el brazo izquierdo del estadounidense.

—Muchas gracias —dijo—. Ahora voy a buscar a Lennox.

Volvióse y se separó de su compañero. Míster Cope continuó su marcha a solas.

Nadine encontró a Lennox sentado en lo alto del teatro grecorromano.

—Hasta ahora no hemos podido hablar a solas —le dijo—. Vengo a decirte que no me marcho.

—¿No te arrepentirás? —preguntó Lennox.

—Nunca. Ya sabes que no podría vivir sin ti.

Lennox calló unos momentos y al fin murmuró:

—Mi madrastra era una mujer extraña. Creo que nos tenía hipnotizados a todos.

—Es verdad.

Lennox tardó unos instantes en contestar:

—Aquella tarde, cuando me dijiste que te ibas, sentí un golpe en la cabeza. Volví a casa como atontado. De pronto me di cuenta de lo muy loco que había sido.

Lennox observó que Nadine se estremecía. Con voz más firme agregó:

—Volví al campamento y...

—¡No!

Lennox dirigió una rápida mirada a su mujer.

—Discutí con ella. —Hablaba en un tono completamente distinto—. Le dije que me veía obligado a elegir entre ella y tú. Y que te elegía a ti.

Los dos callaron un momento. Al fin, Lennox repitió, como aprobando sus palabras:

—Sí, eso fue lo que le dije.

Capítulo XIV

Cuando se dirigía a su alojamiento, Poirot encontró a dos personas. La primera fue míster Jefferson Cope.

Los dos hombres se estrecharon cordialmente la mano. Luego, caminando uno junto al otro, comenzaron a hablar. El estadounidense dijo:

—Me han dicho que usted realiza una especie de investigación acerca de la muerte de mi vieja amiga, mistress Boynton. Fue un suceso muy lamentable, desde luego. Claro que la buena señora no debió haberse lanzado a un viaje tan fatigoso. Pero era muy tozuda, monsieur Poirot. Su familia no podía hacer nada con ella. Estaba acostumbrada a ser una tirana, y desde hacía demasiado tiempo salíase siempre con la suya.

Tras una breve interrupción, Jefferson Cope continuó:

—Quisiera decirle, monsieur Poirot, que soy un viejo amigo de los Boynton. Como es lógico, están todos un poco nerviosos y muy afectados. Por lo tanto, si hay que tomar alguna disposición para el traslado del cadáver a Jerusalén, para el funeral y demás, yo podré encargarme de todo ello. Pídame lo que deba hacerse.

—Estoy seguro de que la familia agradecerá su oferta —dijo Poirot, que agregó luego—: Tengo entendido que usted es muy amigo de mistress Lennox Boynton, ¿verdad?

Míster Jefferson Cope enrojeció ante la insinuación.

—No creo que sea necesario hablar de ello. Sé que esta mañana ha hablado usted con mistress Boynton y tal vez le haya dicho cuáles eran nuestras relaciones. Ahora todo ha cambiado. Mistress Boynton es una mujer muy honrada que opina que su principal deber está al lado de su marido.

Después de una breve pausa, Poirot habló:

—El coronel Carbury desea conocer detalladamente lo que ocurrió en la tarde del día en que murió mistress Boynton. ¿Podría explicarme usted algo de dicha tarde?

—Desde luego. Después de comer y tras un breve reposo, salimos a dar una vuelta por los alrededores. Nos fuimos sin el

127

odioso guía. Fue entonces cuando hablé con Nadine. Más tarde, como ella deseara quedar a solas con su marido para hablar con él, volví al campamento. A mitad de camino encontré a dos damas inglesas que nos acompañaron en la excursión de la mañana. Creo que una de ellas es una aristócrata.

Poirot declaró que así era.

—Una mujer muy inteligente y muy instruida. La otra, en cambio, parece un ser anodino, muerto siempre de cansancio. Bueno, como le decía, me encontré con ellas y les di algunos informes acerca de la arquitectura del lugar. A eso de las seis volvimos al campamento. Lady Westholme insistió en que tomara el té con ella. Me sirvió un té muy flojo pero muy perfumado. Después los sirvientes dispusieron la mesa para la cena. Uno de ellos fue a avisar a mistress Boynton y se encontró con que estaba muerta.

—¿Se fijó usted en ella al volver al campamento?

—Noté que estaba sentada en el sitio de costumbre; pero no me fijé demasiado en ella.

—Muchas gracias, míster Cope. ¿Podría decirme si mistress Boynton deja una fortuna muy grande?

—Muy grande. Claro que no es ella quien la lega. Su derecho a la fortuna era vitalicio, y a su muerte el dinero tiene que ser repartido entre los hijos del difunto Elmer Boynton. Sí, de ahora en adelante serán muy ricos.

—¡Cuántos crímenes se han cometido por dinero! —dijo Poirot.

Míster Cope le miró, sobresaltado.

—Sí, claro —admitió.

Sonriendo, Poirot agregó:

—Son muchos los motivos que existen para un crimen. Muchas gracias por todo, míster Cope. Allí veo a miss Pierce; tengo interés en hablar con ella.

Miss Pierce le recibió llena de emoción.

—He leído muchas cosas acerca de usted —dijo—. Sobre todo aquello del misterio de la guía de ferrocarriles. Por entonces yo trabajaba como ama de llaves cerca de Doncaster. Siempre me han interesado mucho los misterios. Por eso creo haber hecho mal esta mañana no revelándole algo que tal vez no tenga importancia; pero como he leído en las novelas que son casi siempre los detalles sin importancia los que resuelven los misterios, por eso ahora quisiera contarle algo.

—Se lo agradeceré mucho —dijo Poirot.

—No es que tenga mucha importancia, señor detective. Fue

algo que ocurrió al día siguiente de la muerte de mistress Boynton. Yo había salido de mi tienda de campaña para respirar un poco de aire fresco. El sol acababa de salir y me daba de lleno en los ojos. A pesar de ello noté que una de las hermanas Boynton, creo que Carol, iba al riachuelo y tiraba al agua un objeto brillante. Era de metal y el sol se reflejaba en él.

—¿Lo tiró al agua?

—Sí. De momento no di importancia a la cosa; luego, acercándome, vi en el agua una caja niquelada. Miss King estaba cerca del río, y cuando yo, llena de curiosidad, cogí la cajita y la abrí, viendo dentro de ella una jeringuilla de inyecciones. Miss King se acercó y me dijo: «¡Oh, mi jeringuilla de inyecciones! Muchas gracias. Precisamente venía a buscarla». Yo no esperaba aquello, y sin saber qué hacer dejé que se llevara la caja. Pero después empecé a pensar y me pareció extraño que miss Carol Boynton hubiera tirado al agua la jeringuilla de inyecciones de miss King. Claro que todo ello debe de tener alguna explicación muy lógica.

Miss Pierce se interrumpió, mirando llena de ansiedad a Poirot. Éste estaba muy serio.

—Muchas gracias, mademoiselle. Lo que usted me ha contado puede no tener importancia en sí, pero le aseguro que completa mi caso. Ahora todo está ya claro y ordenado.

—¿De veras? —miss Pierce se sofocó como una chiquilla.

Poirot la acompañó al hotel.

De regreso a su alojamiento, Poirot agregó unas líneas a lo escrito en su cuaderno de notas:

Detalle número 10.— «*Yo nunca olvido. Recuérdelo. Nunca he olvidado nada.*»

—*Mais oui* —dijo—. Ahora ya todo está claro.

Capítulo XV

—He ultimado ya mis preparativos —dijo Hércules Poirot.

Lanzando un suspiro retrocedió unos pasos y contempló su arreglo de una de las habitaciones libres del hotel.

El coronel Carbury, recostado, sin ninguna elegancia, contra la cama que había sido retirada hacia la pared, sonrió, mientras fumaba su pipa.

—Es usted un tipo muy curioso, Poirot —dijo—. Le gusta melodramatizar.

—Es posible que tenga usted razón —admitió el detective—. Pero no crea que sólo es vanidad. Si se representa una comedia hay que preparar antes el escenario.

—¿Vamos a presenciar una comedia?

—Aunque sea una tragedia, la decoración debe ser adecuada.

El coronel Carbury le miró curiosamente.

—Bien —dijo—. Como usted quiera. No sé lo que pretende; sin embargo, sospecho que proyecta algo.

—Tendré el honor de obsequiarle con lo que usted me ha pedido: la verdad.

—¿Cree que podremos reunir pruebas para la acusación?

—Esto ya no se lo prometo, amigo mío.

—Tal vez será mejor así.

—Mis argumentos serán psicológicos, pero le convencerán. La verdad es muy curiosa y bella.

—A veces es muy desagradable.

—No, no. Usted lo mira desde un punto de vista concreto. Tómelo desde el punto de vista abstracto. La absoluta lógica de los acontecimientos es siempre fascinadora.

—Procuraré ver las cosas desde ese punto —gruñó el coronel.

—Usted siéntese al otro lado de la mesa y adopte un aspecto importante.

—Está bien —dijo Carbury—. Supongo que no me obligará a vestir de uniforme.

—No; pero si me lo permite le arreglaré la corbata.

Haciendo una mueca, Carbury dejó que Poirot le enderezase

la corbata; pero un momento después, cuando ya estuvo sentado, en un movimiento maquinal, volvió a colocar el nudo de la corbata debajo de la oreja izquierda.

—Aquí colocaremos a la familia Boynton —siguió Poirot, alterando ligeramente el orden de las sillas—. Y aquí a tres extraños muy interesados en el asunto. El doctor Gerard, cuyas declaraciones son la base de esta investigación. Miss King, que tiene dos intereses distintos. Uno personal y otro como médico que examinó el cadáver. También a míster Jefferson Cope se le puede considerar una parte interesada.

Al llegar aquí se interrumpió, anunciando:

—Ahí vienen.

Abrió la puerta para dar paso a los que llegaban.

Lennox Boynton y su esposa entraron los primeros. Raymond y Carol les siguieron. Ginevra entró sola. En sus labios florecía una vaga sonrisa. El doctor Gerard y Sarah King llegaron luego. Poco después se presentó míster Cope. Cuando se hubo sentado, Poirot tomó la palabra.

—Señoras y caballeros —dijo—: Esta reunión es completamente extraoficial. Mi intervención en el caso se debe a la casualidad que ha hecho que yo me hallase en Amman. El coronel Carbury me concedió el honor de consultarme...

—Les ruego me perdonen.

Poirot fue interrumpido por la persona de quien menos podía esperarse una intervención. Súbitamente, Lennox Boynton preguntó:

—¿Por qué diablos tuvo que meterle a usted en este asunto?

Poirot se encogió de hombros.

—En muchos de los casos de muerte violenta se solicita mi presencia —dijo.

—¿Le llaman por todos los fallecimientos ocurridos a causa de un ataque al corazón? —preguntó Lennox.

—Lo de ataque al corazón es un término nada científico —observó Poirot.

Carbury carraspeó.

—Vale más hablar claro —dijo—. Se me comunicaron los detalles de la muerte. El tiempo muy caluroso..., viaje penoso, sobre todo para una anciana. Hasta aquí todo estaba claro. Pero el doctor Gerard me facilitó unos informes...

Se interrumpió, mirando interrogadoramente a Poirot. Luego siguió:

—El doctor Gerard es un médico eminente, de fama mundial.

131

Cualquier declaración que él haga debe ser atendida. El informe del doctor Gerard dice: «A la mañana siguiente de la muerte de mistress Boynton descubrí que de mi botiquín faltaba una cantidad de cierta droga muy potente, sobre todo para el corazón. La tarde anterior noté asimismo la desaparición de la jeringuilla de inyecciones. Durante la noche me fue devuelta la jeringuilla. Como detalle final, observé en una de las muñecas de la muerta las señales de una jeringuilla de inyecciones.

»Estas circunstancias obligaban a abrir una investigación sobre el caso. Monsieur Poirot, mi huésped, me ofreció consideradamente sus inteligentes servicios. Le concedí plena autoridad para que llevara a cabo todas las investigaciones que quisiera. Estamos reunidos aquí para escuchar su informe sobre el asunto.

Se hizo un silencio tan profundo, que se hubiera oído la caída de una aguja al suelo. De pronto, alguien, en la habitación inmediata, dejó caer un zapato, cuyo ruido resonó como una bomba.

Poirot dirigió una rápida mirada al grupito de su derecha y luego miró a los cinco que tenía a la izquierda. Todos éstos le miraban asustados.

Lentamente, empezó Poirot:

—Cuando el coronel Carbury me contó lo ocurrido, le di mi opinión como experto en la materia. Le dije que no sería posible reunir las pruebas necesarias para llevar el caso ante los tribunales, pero también le dije que estaba seguro de descubrir la verdad con sólo interrogar a las personas comprometidas en el caso. Así, aunque casi todos ustedes me han dicho muchas mentiras, también, involuntariamente, me han contado la verdad.

»Ante todo estudié la posibilidad de que mistress Boynton hubiera fallecido de muerte natural. La desaparición de la droga y de la jeringuilla de inyecciones, y sobre todo la actitud de la familia de la muerta, me indicó que no debía pensarse en muerte natural.

»No sólo mistress Boynton fue asesinada a sangre fría, sino que todos los miembros de la familia lo sabían. Colectivamente actuaron de encubridores.

»Mas existen ciertos grados en la culpabilidad. Estudié atentamente las pruebas a fin de averiguar si el crimen (se trata de un crimen) fue cometido por toda la familia de la víctima en un plan concertado.

»Debo decir que existían motivos abrumadores. Todos se beneficiaban con la muerte de mistress Boynton, ya que al mismo tiempo ganaban fortuna y se veían libres de lo que para ellos había sido una insoportable tiranía.

»Pero casi al momento me di cuenta de que el crimen cometido de mutuo acuerdo no encajaba. Especialmente se advertía que no se preparó un plan de coartadas generales. Más bien podía suponerse que miembros de la familia cometieron, unidos, el crimen.

»Al llegar aquí me sentí inclinado a sospechar de dos personas, basándome en algo que yo había oído.

Poirot explicó la conversación escuchada en Jerusalén.

—Míster Boynton resultaba, por tanto, el principal sospechoso. Pero antes de adentrarme en su caso, les leeré la lista de detalles significativos que esta misma tarde he sometido al claro examen del coronel Carbury.

1.º *Mistress Boynton tomaba un preparado de digital.*

2.º *El doctor Gerard echó de menos una jeringuilla de inyecciones.*

3.º *A mistress Boynton le complacía enormemente impedir que sus hijos se distrajeran con los demás.*

4.º *En la tarde de su muerte, mistress Boynton aconsejó a su familia que se marchara sin ella y la dejasen sola.*

5.º *Mistress Boynton sufría sadismo mental.*

6.º *La distancia entre el cobertizo y el sitio donde estaba sentada mistress Boynton era aproximadamente de doscientos metros.*

7.º *Al principio, mister Lennox Boynton dijo que ignoraba la hora en que había regresado al campamento; pero más tarde reconoció haber puesto en hora el reloj de su madre.*

8.º *El doctor Gerard y miss Ginevra Boynton ocupaban tiendas inmediatas.*

9.º *A las seis y media, cuando la cena quedó lista, un criado recibió la orden de anunciar este hecho a mistress Boynton.*

10.º *Mistress Boynton, en Jerusalén, pronunció estas palabras: «Yo nunca olvido. Recuérdelo. Nunca he olvidado nada».*

»Aunque he anotado los detalles por separado, algunos de ellos pueden unirse. Por ejemplo, el que indica que mistress Boynton tomaba un preparado de digital y que al doctor Gerard le quitaron la jeringuilla de inyecciones. ¿Comprenden lo que quiero decir? No importa, luego volveré sobre este punto. Basta saber que esos dos puntos los anoté como algo que debía ser explicado satisfactoriamente.

»Terminaré ahora con mi estudio de las posibilidades de culpabilidad de Raymond Boynton. Se le oyó hablar de que deseaba la muerte de su madrastra. Estaba bajo los efectos de una gran excitación nerviosa. Había pasado por una gran crisis emotiva. Quiero decir que estaba enamorado. La exaltación de sus sentimientos pudo hacerle reaccionar de distintas maneras. Pudo sentir más cariño por el mundo e incluso por su madrastra, o pudo invadirle la audacia necesaria para desafiar el poder de la tirana, llegando, como solución, el crimen. Ésta es la psicología. Examinemos ahora los hechos.

»Raymond Boynton salió con los demás del campamento a eso de las tres y cuarto. Según su propia declaración, llegó a las seis menos diez. Subió a ver a su madrastra, cambió unas palabras con ella y después dirigióse a su tienda y luego al cobertizo. Eso indica que a las seis menos diez, *mistress Boynton estaba viva y en perfecta salud.*

»Mas ahora llegamos a un hecho que contradice directamente esa declaración. A las seis y media, la muerte de mistress Boynton fue descubierta por un criado. Miss King, que posee el título de doctor en medicina, examinó el cadáver y afirma que en el momento del examen notó que la muerte debía de haberse producido *forzosamente* una hora antes de las seis. Quizá más.

»Como ven, nos hallamos ante dos declaraciones contradictorias, a no ser que miss King hubiera cometido un error.

—No cometí ningún error —dijo Sarah—. De haberlo hecho, lo hubiera confesado.

Hablaba firme y claramente.

Poirot le dirigió una inclinación de cabeza.

—Entonces sólo quedan dos posibilidades: O miss King o míster Raymond Boynton mintieron. Veamos los motivos que para mentir podría tener míster Boynton. Dicho señor volvió al campamento, fue a ver a su madrastra y se encontró con que estaba muerta. ¿Qué hizo? ¿Pidió socorro? ¿Anunció en seguida a los demás lo que pasaba? No. Aguardó un par de minutos y luego fue a su tienda y se reunió con su familia en el cobertizo, sin decir nada. Es una conducta muy curiosa, ¿no?

—Sería idiota —le replicó nerviosamente Raymond—. Miss King cometió un error, a pesar de su seguridad.

—Semejante conducta exige un profundo estudio —anunció Poirot—. ¿Qué motivo podría tener Raymond Boynton para portarse así? Todo parece indicar que él no puede ser culpable de la muerte de su madrastra, ya que cuando por única vez en aquella tarde se acercó a ella, mistress Boynton hacía más de una hora que había muerto. Suponiendo, pues, que Raymond Boynton es inocente, ¿qué justificación tiene su conducta?

»La respuesta es sencilla. Al encontrarse a su madrastra muerta, recuerda sus palabras de aquella noche en Jerusalén, y piensa que el crimen ha sido cometido por su hermana Carol.

—¡Mentira! —gritó Raymond, con temblorosa voz.

—Admitamos la posibilidad de que Carol Boynton sea culpable —continuó Poirot—. ¿Qué pruebas existen contra ella? Sabemos que fue a ella a quien Raymond dijo que su madrastra debía morir. Carol Boynton volvió al campamento a las cinco y diez. Según dice, subió a ver a su madrastra. Nadie la vio hacerlo. El campamento estaba vacío, los criados dormían, los demás estaban visitando los alrededores. Nadie vio lo que hacía Carol Boynton, que, por lo tanto, nos resultaba una sospechosa ideal.

Se interrumpió un momento. Carol había levantado la cabeza y le miraba tristemente.

—Hay algo más —dijo Poirot—. A la mañana siguiente, la vieron tirar al río un estuche conteniendo una jeringuilla de inyecciones, que, según creo, era de miss King, ¿no es cierto?

Carol contestó en seguida:

—No era de miss King, sino mía.

—Entonces, ¿reconoce haberla tirado al río?

—Claro. ¿Por qué no había de hacerlo?

—¡Carol! —la exclamación brotó de los labios de Nadine. En sus ojos se reflejaba la angustia—. ¡Carol! No comprendo…

Había hostilidad en la mirada que Carol dirigió a su cuñada.

—Es muy sencillo —dijo—. Tiré una vieja jeringuilla de inyecciones. No toqué nunca el veneno en ningún momento.

Sarah intervino, interrumpiendo, para confirmar con decisión:

—Lo que miss Pierce le dijo es cierto. Era mi jeringuilla.

—Todo ese asunto es muy complicado —sonrió Poirot—. Sin embargo, creo que su explicación es muy sencilla. Pero antes busquemos la explicación lógica de los acontecimientos en el caso de que también miss Carol Boynton fuera inocente. Imaginemos que regresó al campamento y encontróse con que su madrastra estaba muerta. Lo lógico es que sospechara en seguida que el crimen había sido cometido por su hermano Raymond y, no sabiendo qué hacer, decidiese no decir nada y dejar creer que al volver al campamento mistress Boynton estaba aún viva. Quizá fue a la tienda de su hermano y encontró en ella un estuche con jeringuillas. Para librarle de tal acusación se apoderó del estuche y, a la mañana siguiente, a primera hora, procuró hacerlo desaparecer.

»Nos queda, por último, otra posibilidad. La de que miss King administrase la inyección fatal. Consideraba a mistress Boynton un ser perverso, al que era justo eliminar. Eso explicaría que mintiese acerca de la hora de la muerte.

En aquel momento, Raymond Boynton se puso en pie.

—Usted gana, monsieur Poirot —dijo—. Cuando llegué al campamento y subí a hablar con ella, la encontré muerta. La sorpresa casi me paralizó. Sospeché de Carol… Sobre todo al ver la marca del pinchazo de una aguja.

Rápidamente Poirot recordó:

—Aún no me ha dicho cuál fue la muerte planeada contra mistress Boynton. Aunque lo negara, usted tenía un sistema relacionado con una jeringuilla. Ya que ha sido franco en una cosa, séalo con el resto.

Apresuradamente, Raymond contestó:

—Lo leí en una novela detectivesca inglesa. Se hunde la aguja de inyecciones en una vena y se inyecta aire. La muerte no deja ninguna señal acusadora.

—Comprendo —sonrió Poirot—. ¿Compró una jeringuilla?

—No… Se la quitamos a Nadine.

—¿La jeringuilla que estaba en su equipaje, en Jerusalén? —preguntó Poirot dirigiendo una rápida mirada a Nadine.

Ésta enrojeció intensamente.

—No estaba segura de lo que había sido de ella —dijo Nadine.

Poirot murmuró:

—Tiene una inteligencia muy aguda, madame.

Capítulo XVI

Hubo una pausa. Luego Poirot carraspeó y siguió:

—Hemos resuelto ya el misterio de la segunda jeringuilla de inyecciones. La que fue robada a mistress Lennox Boynton por su cuñado Raymond en Jerusalén, y que luego fue arrebatada a éste por Carol, que la echó al agua, de donde la sacó miss Pierce, a quien se la pidió King, la cual supongo que la tiene ahora en su poder.

—En efecto —dijo Sarah.

—Perfectamente. Repasemos ahora la tabla de las horas en que ustedes salieron del campamento y regresaron a él. Veamos:

Los Boynton y Jefferson Cope abandonaron el campamento aproximadamente a las.. 3,05

El doctor Gerard y Sarah King abandonaron el campamento aproximadamente a las.. 3,15

Lady Westholme y miss Pierce abandonaron el campamento aproximadamente a las.. 4,15

El doctor Gerard regresó al campamento aproximadamente a las... 4,20

Lennox Boynton volvió al campamento a las 4,35

Nadine Boynton volvió al campamento y habló con su suegra a las.. 4,40

Nadine Boynton se separó de su suegra y fue al cobertizo a las.. 4,50

Carol Boynton volvió al campamento a las 5,10

Lady Westholme, miss Pierce y mister Cope volvieron al campamento a las 5,40

Raymond Boynton volvió al campamento a las........................ 5,50

Sarah King volvió al campamento a las.. 6,00

El cadáver fue descubierto a las... 6,30

»Como observarán, media un intervalo de veinte minutos entre el momento en que Nadine Boynton se separó de su suegra y la hora en que Carol volvió al campamento. Por lo tanto, si Carol dice la verdad, mistress Boynton debió ser asesinada en esos veinte minutos. ¿Quién pudo matarla en ese tiempo? Miss King y Raymond Boynton estaban juntos. Míster Cope, además de que no tiene motivos para cometer el crimen, posee una coartada, pues estaba con lady Westholme y miss Pierce. Lennox Boynton estaba con su esposa en el cobertizo, y el doctor Gerard sufría un ataque de malaria. El campamento se hallaba desierto. Era un momento ideal para cometer un crimen.

La mirada de Poirot fijóse en Ginevra Boynton.

—Existe una persona que pasó la tarde entera en su tienda. Me refiero a miss Ginevra Boynton.

»Sabemos que no estuvo todo el rato en su tienda, pues el doctor Gerard la vio en la suya... quizá cuando fue a devolver la jeringuilla.

Ginevra Boynton miraba dulcemente a Poirot. Parecía una santa.

—¡De ninguna manera! —protestó Gerard.

—¿Es psicológicamente imposible? —preguntó Poirot.

El francés inclinó la cabeza.

—Es imposible —dijo Nadine.

—¿Por qué? —preguntó Poirot.

—Sí... —Nadine se mordió los labios y al fin siguió—: No toleraré que se acuse así a mi cuñada.

—Madame es muy inteligente —sonrió Poirot—. Ya he dicho que posee una gran inteligencia. Defiende a su cuñada porque se da cuenta de que es precisamente usted misma la persona más sospechosa. Si Carol halló muerta a su madre veinte minutos después de que usted hubiera hablado con ella, no cabe duda de que las sospechas, lógicamente, deben recaer sobre usted, que al fin y al cabo, encontraba también la libertad gracias a la muerte de su suegra. Mi sospecha se basa en un detalle muy convincente. Aquella noche, cuando se trató de avisar a mistress Boynton que la cena estaba servida, en lugar de ir usted como de costumbre, envió a un criado *porque usted sabía ya que mistress Boynton estaba muerta.*

»No, no me interrumpa, madame. Hay testigos que la vieron conversar con su suegra; pero no oyeron lo que usted le decía ni lo que ella contestaba. Estaban demasiado lejos; pero aunque hubieran estado muy cerca les hubiese sido imposible oír a mistress Boynton, porque usted *hablaba con una muerta.* Luego, al cabo de un rato, se levantó usted, retiró la silla y marchó al cobertizo, donde halló a su marido leyendo un libro. Todo su crimen hubiera salido a la perfección, y la muerte de su suegra se hubiera achacado a un ataque cardíaco, si el doctor Gerard no hubiese echado de menos la jeringuilla antes de que usted pudiera devolverla.

—¡No! —gritó en aquel momento Lennox Boynton levantándose—. ¡Mentira! ¡Nadine es inocente! No pudo cometer el crimen. Mi madre estaba ya muerta. ¡Yo la maté!

—¡Ah! —exclamó Poirot muy interesado—. Así ¿se apoderó usted del digitoxín de la tienda de Gerard?

—Sí.

—¿Cuándo?

—Por la mañana.

—¿Y la jeringuilla?

—También se la quité entonces.

—¿Por qué mató usted a su madrastra?

—Porque Nadine me abandonaba, y yo sabía que si mi madrastra moría, Nadine no pensaría ya en marcharse con míster Cope.

—Pero usted no supo aquello hasta la tarde.

—Claro. Cuando…

Lennox se interrumpió vacilante.

—Pero robó el veneno y la jeringuilla por la mañana, antes de conocer las intenciones de su esposa.

—¿Qué importa eso?

—Importa mucho. Le aconsejo, míster Boynton, que me cuente la verdad.

—¿La verdad?

Lennox miró fijamente a Poirot.

Nadine volvióse hacia su marido y le miró con ansia suma.

—Sí; la verdad —insistió Poirot.

—¡Dios mío! —exclamó Lennox—. Se la diré; pero no sé si me creerá. —Respiró con dificultad—. Aquella tarde, al separarme de Nadine, me sentía deshecho. Nunca creí que Nadine me abandonara por otro hombre. Estaba como borracho y convaleciente de una grave enfermedad.

Poirot asintió:

—Lo sabía. Lady Westholme hizo una descripción perfecta de su caminar. Por eso comprendí que su esposa mintió al decirme que le dio a usted la noticia de su marcha después de volver al campamento. Continúe, míster Boynton.

—No me daba cuenta de lo que hacía; pero al llegar al campamento se fueron aclarando mis ideas. Me di cuenta de que la culpa era sólo mía. Me había portado como un miserable gusano. Debí haber desafiado a mi madrastra y haber huido de su lado muchos años antes. Pensé incluso que tal vez no fuera demasiado tarde. La vi sentada a la puerta de su cueva y subí dispuesto a decirle que me marchaba. Que Nadine y yo no volveríamos a vivir con ella… era irresistible…

—¡Oh, Lennox.? —exclamó Nadine.

El joven siguió:

—Pero cuando llegué junto a ella vi con espanto que estaba muerta. No supe qué hacer. Me sentí como atontado. Todo cuanto iba a decirle se me atascó dentro. Me sentí petrificado. Recogí su reloj de pulsera, que tenía sobre el regazo, y se lo puse en la muñeca. —Se estremeció—. ¡Fue horrible! Luego marché al cobertizo. Creo que debía haber avisado a alguien; pero no tuve valor. Me limité a sentarme allí, hojeando el libro, pero sin leer ni una letra.

Interrumpióse un momento y luego prosiguió:

—¡Ya sé que no me creerá! ¡Es imposible creerme! No sé por qué, al menos, no le confesé la verdad a Nadine…

—Sufrió usted unos momentos de parálisis mental —intervino el doctor Gerard—. Le era imposible hacer otra cosa de lo que hizo.

—Lo creo —dijo Poirot—. Y observó que la acción de Lennox Boynton, al ponerle el reloj de pulsera a su madrastra, fue interpretada erróneamente por su esposa, que le vio desde lejos inclinarse sobre la muñeca de su madrastra, muñeca en la cual, luego, Nadine Boynton descubrió la huella de una aguja hipodérmica. Al ver muerta a su suegra, Nadine creyó a su marido culpable del crimen e hizo lo posible por protegerle. ¿No es así, madame?

Nadine movió afirmativamente la cabeza, preguntando luego:

—¿Sospechó usted de mí, monsieur Poirot?

—La creí una posible culpable, madame.

Nadine inclinóse hacia el detective y preguntó:

—¿Qué fue lo que en realidad sucedió?

Capítulo XVII

—¿Qué fue lo que en realidad sucedió? —repitió Poirot—. La verdad fue lo que prometí a míster Carbury. Después de aclarar un tanto los caminos volveremos a los puntos básicos: Mistress Boynton tomaba un preparado de digital y al doctor Gerard le sustrajeron la jeringuilla de inyecciones. La jeringuilla parece haber estado destinada a cometer el crimen; pero si ese delito fue cometido por alguno de los miembros de la familia Boynton, entonces no se comprende la utilización de la jeringuilla, ya que lo más sencillo era echar el digitoxín en el frasco de la medicina que tomaba mistress Boynton y aguardar a que hiciera efecto después de la primera toma. Eso es lo que hubiera hecho cualquier persona con un dedo de sentido común... y que tuviera acceso a la medicina.

»¿Por qué, pues, sustrajeron la jeringuilla?

»Se me ofrecieron enseguida dos explicaciones: O bien la jeringuilla no fue robada, y todo se limitó a una suposición por parte del doctor Gerard, o bien la jeringuilla fue robada por alguien que no tenía fácil acceso al frasco de la medicina; o sea, que el asesino no pertenecía a la familia Boynton.

»A partir de ahí me lancé a probar la verdad de todos los Boynton. Y ahora nos encontramos ya en ese punto. Sabemos casi positivamente que el crimen fue cometido por un extraño, *por alguien que no podía entrar en la cueva de mistress Boynton y echar el veneno en el frasquito de la medicina.*

Tras una breve interrupción, Poirot siguió:

—En esta habitación hay tres personas que no pertenecen a la familia Boynton pero que tienen una relación íntima con el caso.

»Míster Cope es amigo antiguo de los Boynton. ¿Podemos hallar algún motivo para el crimen y la oportunidad de cometerlo? No parece. La muerte de mistress Boynton le ha perjudicado al frustrar ciertas esperanzas. A menos que el motivo de míster Cope sea un deseo fanático de beneficiar a los demás, no hallamos motivo para que deseara la muerte de mistress Boynton. A me-

141

nos que exista un motivo completamente desconocido. De todas formas, usted, míster Cope, aparece tan limpio de culpa que en una novela de misterio resultaría muy sospechoso.

Sonriendo, Poirot continuó:

—Pasemos ahora a miss King. Ella tiene ciertos motivos y posee los necesarios conocimientos médicos para llevar a cabo el crimen; pero habiendo salido del campamento a las tres y media y no regresado a él hasta las seis, parece difícil hallar la oportunidad para que cometiese el crimen.

»Nos queda el doctor Gerard. En su caso debemos tener en cuenta la hora en que debió de cometerse el crimen. Según la última declaración de míster Lennox Boynton, su madre estaba ya muerta a las cuatro y treinta y cinco. Según lady Westholme y miss Pierce estaba viva a las cuatro y cuarto, cuando ellas abandonaron el campamento. Eso deja solamente veinte minutos, durante los cuales pudiera ser cometido el crimen. Pues bien, cuando dichas señoras se alejaban del campamento se cruzaron con el doctor Gerard. Nadie me ha podido decir *qué hizo el doctor Gerard al llegar al campamento,* ya que las dos damas que marchaban lo hacían de espaldas a él. Por consiguiente, *es totalmente posible que el doctor Gerard cometiera el crimen.* Siendo médico, pudo fingir el ataque de malaria. El doctor Gerard poseía cierto motivo sentimental para salvar a una joven cuya razón estaba en peligro.

—Tiene usted unas ideas fantásticas —dijo Gerard.

Sin hacer caso, Poirot continuó:

—Pero en tal caso, *¿por qué llamó Gerard la atención del coronel Carbury hacia la posibilidad de que se hubiera cometido un crimen?* A no ser por él, la muerte de mistress Boynton hubiera pasado por natural. Fue el doctor Gerard quien primero señaló la posibilidad de un crimen. Eso, amigos míos, carece de sentido.

—Lo mismo creo —gruñó en voz baja el coronel Carbury.

—Existe otra posibilidad a la que no hemos concedido la debida atención. Ginevra estuvo toda la tarde en el campamento, y pudo cometer el crimen antes de que llegara el doctor Gerard, o sea cuando lady Westholme y miss Pierce se hubieron marchado.

Mirando inocentemente a Poirot, Ginevra Boynton preguntó:

—¿Me cree usted culpable?

Y de pronto, con veloz movimiento, se incorporó de un salto y fue a arrodillarse a los pies del doctor Gerard, mirándole apasionadamente, mientras decía:

—¡No deje que digan eso! Quieren volverme a encerrar. ¡No es cierto! Yo no hice nada. Son mis enemigos... Me odian. Quieren meterme en la cárcel. ¡Ayúdeme!

—Serénese, chiquilla —dijo Gerard acariciando las manos de la muchacha. Luego, volviéndose hacia Poirot, dijo—: Lo que usted ha dicho es absurdo.

—Locura de un detective, ¿no? —murmuró Poirot.

—Sí. Comprenda que esta chiquilla no hubiera podido cometer el crimen de esa forma. Lo hubiera hecho melodramáticamente, con una daga, con algo espectacular; nunca con fría calma. Les aseguro a todos que este crimen fue planeado fríamente, con lógica. Es el crimen de un cerebro sereno.

Sonriendo, Poirot se inclinó profundamente:

—*Je suis entièrement de votre avis* —dijo.

Capítulo XVIII

Ya que el doctor Gerard ha invocado la psicología, procedamos a estudiar psicológicamente a mistress Boynton. En mi lista de detalles significativos tenemos que mistress Boynton se complacía en impedir a sus hijos el contacto con los extraños. Sin embargo, la tarde de su muerte les concedió permiso para que se marcharan sin ella. Eso se contradice con su carácter. Por lo tanto, debe existir una razón que justifique ese proceder ilógico.

»Observamos que mistress Boynton era una tirana que dominaba a su familia, lo cual no podía satisfacer su ansia de un poder más amplio, más extenso. Al abandonar por primera vez su país, debió de darse cuenta de lo insignificante que era.

»Ahora llegaremos al detalle número diez, a las palabras pronunciadas en Jerusalén, dirigidas a Sarah King. Sarah King puso el dedo en la llaga al revelar lo inútil de la existencia de mistress Boynton. La respuesta de la anciana fue, según declaración de miss King, malévola, y al hablar casi no la miró. Sus palabras fueron: "Nunca olvido nada, ni un nombre, ni una acción, ni un rostro…".

»Estas palabras produjeron una gran impresión en miss King. El elevado tono en que fueron pronunciadas, el odio que expresaban los ojos de la anciana. Miss King, impresionada por ello, no se dio cuenta de la verdad. Aquellas palabras no iban dirigidas a ella, pues ni siquiera era una respuesta razonable a lo que había dicho miss King. Si hubiera dicho que no olvidaba una impertinencia, entonces todo sería lógico; pero no olvidar un rostro carece de sentido. Por lo tanto, aquellas palabras iban dirigidas a alguien que estaba detrás de miss King.

Tras una pausa, Poirot agregó:

—Salta a la vista. Aquél fue un triunfo psicológico en la vida de mistress Boynton. Humillada por una joven que había leído su impotencia, al mismo tiempo descubrió algo que le hizo darse cuenta de su poder. En aquel instante reconoció un rostro del pasado. Una víctima que le era ofrecida atada de pies y manos.

»Volvemos, pues, al factor ajeno. Y eso explica que mistress

Boynton deseara verse libre de su familia, porque tenía un pez más grande que guisar. Quería tener el campo libre para una charla con su víctima.

»Repasemos los acontecimientos. Los Boynton salieron del campamento y la anciana se sentó a la puerta de su cueva. Repasemos las declaraciones de lady Westholme y de miss Pierce. Esta última no es mucho de fiar; pero lady Westholme es sumamente observadora. Las dos están de acuerdo en un punto. Un árabe, uno de los criados, se acercó a mistress Boynton y, por algún motivo, la enfureció, retirándose en seguida apresuradamente. Lady Westholme afirma que antes el criado estuvo en la tienda de Ginevra Boynton; pero es muy posible que estando las dos tiendas una junto a la otra, el árabe introdujérase en la del doctor Gerard.

—¿Pretende hacernos creer que uno de los criados árabes mató a la anciana con una aguja de inyecciones? —preguntó burlón Carbury.

—Un momento, coronel. Aún no he terminado. Las dos damas aseguran que no pudieron ver claramente el rostro del árabe. La distancia que las separaba de él era demasiado grande. No obstante, lady Westholme describió con todo detalle la ropa que vestía el hombre, especialmente en lo que se refiere a los remiendos. Desde doscientos metros de distancia no se puede ver si unos pantalones están remendados o quizá zurcidos.

»Fue un error. Al momento me sugirió una curiosa idea. ¿Por qué insistir en los pantalones rotos? ¿Quizá porque no lo estaban? Lady Westholme y miss Pierce vieron al hombre; pero desde donde estaban sentadas *no se podían ver mutuamente*. Eso lo demuestra el hecho de que lady Westholme fue a ver si miss Pierce estaba durmiendo y la encontró sentada a la puerta de su tienda.

—¡Dios mío! —exclamó Carbury incorporándose—. ¿Qué insinúa…?

—Sugiero que después de haberse asegurado de lo que estaba haciendo miss Pierce, único testigo que estaba despierto, lady Westholme volvió a su tienda, se puso unos pantalones de montar, se hizo un turbante con el trapo de limpiar el polvo y unas madejas de lana, y así ataviada entró en la tienda del doctor Gerard, registró su botiquín, eligió la droga que necesitaba, llenó una jeringuilla de inyecciones y fue audazmente hacia su víctima.

»Mistress Boynton debía de haberse adormilado. Lady Westholme obró velozmente. La cogió de una muñeca y le inyectó la droga. Mistress Boynton lanzó un grito, intentó levantarse y al fin cayó en su sillón. El "árabe" huyó como avergonzado y asustado. Mistress Boynton agitó su bastón, intentó levantarse y al fin quedó inmóvil.

»Cinco minutos después, lady Westholme se reunió con miss Pierce y comentó la escena, *imprimiendo su versión de ella en el cerebro de la otra*. Luego marcharon a dar un paseo, y al pasar cerca de donde estaba mistress Boynton, lady Westholme preguntó algo. No recibió contestación, pues mistress Boynton estaba ya muerta; sin embargo, le dijo a la señorita Pierce "que mistress Boynton era muy grosera contestando con un gruñido semejante". Miss Pierce aceptó la sugerencia. Había oído muchas veces a mistress Boynton replicar con gruñidos y tuvo la seguridad de haber oído uno, tal como decía su compañera. Lady Westholme es una oradora política y sabe cómo grabar las ideas en los cerebros de sus oyentes. En lo único que falló fue en lo de devolver la jeringuilla. La vuelta del doctor Gerard le impidió colocarla en su sitio antes de que él se diera cuenta de que faltaba.

—¿Por qué podía desear lady Westholme la muerte de mistress Boynton? —preguntó Sarah.

—¿No me dijo usted que, en Jerusalén, lady Westholme estaba lo bastante cerca para oír lo que usted le dijo a mistress Boynton? Fue a ella a quien se dirigieron aquellas palabras de no haber olvidado nada, ni una acción, ni un nombre, ni una cara. Junte eso con lo que mistress Boynton fue, en su tiempo, celadora de una cárcel y se dará cuenta de la verdad. Lady Westholme conoció a su esposo en un viaje de Estados Unidos a Inglaterra. Lady Westholme, antes de casarse, fue una delincuente y cumplió condena en una cárcel.

»¿Comprenden el terrible dilema en que se halló? Su carrera política, sus ambiciones, su posición social… todo estaba en la estacada. Aún no sabemos, pero no tardaremos en averiguarlo, por qué crimen la condenaron; pero indudablemente, sea cual fuere, bastaba para provocar su hundimiento político… Y recuerden que mistress Boynton no era una chantajista vulgar. No quería dinero. Deseaba el placer de atormentar a su víctima durante algún tiempo antes de hundirla espectacularmente. No, mientras mistress Boynton viviera, lady Westholme no estaría segura. Obedeció las instrucciones de mistress Boynton de reunirse con ella en Petra; pero ya meditaba la forma de deshacerse de su enemiga. En cuanto se le presentó la oportunidad la aprovechó audazmente. Sólo cometió dos errores. Uno fue la detallada descripción de los pantalones rotos y remendados del árabe. Aquello atrajo mi atención hacia ella. El otro fue confundirse de tienda y asomar antes la cabeza en la de Ginevra Boynton. La muchacha contó luego una historia de un jeque ansioso de raptarla; pero el detalle me resultó muy significativo.

Poirot hizo una pausa.

—Pronto sabremos toda la verdad. Hoy he conseguido las huellas dactilares de lady Westholme, sin que ella se diera cuenta, y las he enviado a la cárcel donde en un tiempo fue celadora mistress Boynton. Pronto sabremos la verdad...

Interrumpióse.

En el breve silencio que se hizo sonó una detonación.

—¿Qué ha sido eso? —preguntó Gerard.

—Me ha parecido un disparo —dijo Carbury levantándose—. En la habitación inmediata. ¿Quién la ocupa?

Poirot murmuró:

—La habitación inmediata está ocupada por lady Westholme.

Epílogo

De una noticia del *Evening Shout:*

«Lamentamos anunciar la muerte de lady Westholme, miembro del Parlamento, a causa de un desgraciado accidente. Lady Westholme estaba examinando un revólver que llevaba siempre encima cuando viajaba, y accidentalmente se le disparó, produciéndole la muerte. El fallecimiento fue instantáneo. Damos nuestro más sentido pésame a lord Westholme...».

En una cálida noche de junio, cinco años más tarde, Sarah Boynton y su marido se hallaban entre bastidores, en un teatro de Londres. La obra representada era *Hamlet*, y el papel de Ofelia corría a cargo de Ginevra Boynton, que estaba recibiendo los calurosos aplausos del público.

—Os agradezco mucho que hayáis venido —dijo Ginevra.

—Esto es una cuestión de familia —declaró Nadine. Y volviéndose a su marido añadió—: Mañana por la tarde los niños podrían venir a ver a su tía Jinny representando a *Hamlet*. Creo que ya son mayorcitos.

Luego, en el bar del hotel, Lennox, un Lennox alegre y cambiado, levantó la copa en honor de los recién casados.

—Por míster y mistress Cope.

Jefferson Cope y Carol agradecieron el brindis.

Sarah y Raymond se estrecharon las manos por debajo de la mesa.

Un hombrecillo se detuvo junto a la mesa. Era Hércules Poirot.

—Mademoiselle —dijo a Ginevra—. *Mes hommages*. Estuvo usted soberbia.

Le hicieron sitio junto a Sarah.

—*Eh bien* —rió el detective—. Parece que ahora todo va bien en la *famille* Boynton.

—Gracias a usted —declaró Sarah.

—Su marido se está haciendo famoso. Hoy he leído una excelente crítica de su último libro.

148

—Aunque lo diga yo, es un libro muy bueno. ¿Sabe que Jefferson Cope y Carol se han casado? ¿Y que Lennox y Nadine tienen dos hijos preciosos? Y en cuanto a Jinny… Es un genio.

—¿Ha notado el parecido con su madre? —murmuró Sarah—. Creo que hasta hoy no me había dado cuenta. Sólo que ella es luz donde la otra era tinieblas.